www.tredition.de

Vera Kerick

Lebensbilder

www.tredition.de

© 2019 Vera Kerick

Verlag & Druck: tredition GmbH, Halenreie 40-44, 22359 Hamburg

ISBN
Paperback: 978-3-7497-5639-1
Hardcover: 978-3-7497-5640-7
e-Book: 978-3-7497-5641-4

Meinem Freund Bastian

Verlust ist eine Lupe,
die das Schöne größer macht.

Herbert Grönemeyer, 2018

Prolog

Das kleine Mädchen schlich unbemerkt ins Kaminzimmer, wo es sich mitsamt einer Wolldecke rasch in den großen Ledersessel einkuschelte, dessen dunkelgrüner Bezug fraglos schon bessere Zeiten erlebt hatte. Ihre kleinen, nackten Füßchen vergrub sie in Lumpis Fell. Der Hofhund räkelte sich vor dem schwächelnden Feuer und gähnte hin und wieder ausgiebig. Auf sein hellbraunes Fell fielen die allerersten Sonnenstrahlen des Jahres.

Endlich Frühling.

Der Vater arbeitete draußen auf dem Feld, die Mutter im Hofladen, und Mathea war in der Schule.

Stille im Haupthaus.

Nur die kleine Lilly, die eine Erkältung auskurierte, langweilte sich sehr und hatte daher ihr Krankenlager heimlich verlassen. Nun saß sie in Vaters geliebtem Ohrensessel und ihr Blick streifte beiläufig eine Kundin des Hofladens vor dem Fenster, die mit einem Korb voller Lauch zu ihrem Fahrrad eilte.

Sie sah sich im Inneren des Zimmers um, sah die schweren, dunklen Vorhänge, die vielen gerahmten Familienbilder in dünnen Silberrahmen auf dem Kaminsims, die im Dezember den Weihnachtskarten wichen, das Hirschgeweih an der Wand.

Dann blickte Lilly zu den Büchern.

Zu den Kunstbüchern, die schon immer da gewesen waren, die Vater sich schweigend ansah, wenn er nach getaner Arbeit abends mit einem Glas Bier dasaß.

Lilly stand auf und ging näher. Sie besah die Buchrücken erstmals in ihrem Leben genauer und strich vorsichtig mit ihren Fingern darüber. Schließlich zog sie eines aus dem Regal. Es war riesig und für ihre dünnen Ärmchen fast zu schwer. Sie legte es auf den Fußboden und begann zu blättern. Die Buchstaben und Zahlen darin sagten ihr nichts, aber die vielen Bilder fesselten sie auf eine ungekannte, verstörende und zugleich faszinierende Weise.

Plötzlich hielt sie inne. Sie starrte gebannt auf das abgebildete Gemälde vor ihr. Es zeigte eine Frau mit ihrem Kind auf dem Schoß. Die Mutter fütterte es mit Brei und pustete fürsorglich in Richtung des gefüllten Löffels in ihrer Hand, um offenbar die Temperatur der Mahlzeit zu regulieren.

Lilly hielt den Atem an.

Das Bild erinnerte sie so sehr an ihre eigene Mutter, dass sie erstaunt die Augen rieb und ein weiteres Mal hinsah. Die Frau hatte gar keine besondere Ähnlichkeit, aber es gingen ein Zauber, eine Liebenswürdigkeit und Fürsorge von diesem Bild aus, die die Erinnerung ganz deutlich hervorriefen.

„Mama", flüsterte das Mädchen und rieb vorsichtig und ehrfürchtig mit der Innenfläche ihrer Hand über die Abbildung des Kunstwerks.

Sie ahnte nicht, dass es das Werk „La Bouillie" des französischen Künstlers Jean-Francois Millet aus dem 19. Jahrhundert war, aber das spielte keine Rolle.

Lilly holte ein weiteres Buch aus dem Regal, danach noch eines, sie blätterte, staunte, besah die Bilder mit kindlicher Neugier und großer Faszination. Sie bekam gar nicht genug von den abgebildeten Landschaften, der figürlichen und abstrakten Malerei, von Tierdarstellungen, gemalten Bauwerken, fotografierten Skulpturen. Manches gefiel ihr besser als anderes, aber alles sah sie mit einem Interesse an, als habe sie noch nie zuvor solch Spannendes, Erhellendes erlebt.

Schließlich stutzte sie erneut. Sie schreckte gar zurück beim Anblick von Jackson Pollocks Werk ‚No. 5', das sie plötzlich in Händen hielt. Es erinnerte sie mit einer solchen Wucht an eine ihrer Kindergärtnerinnen, Frau Voss, dass ihr die Hände zitterten.

Frau Voss mochte niemand.

Sie war streng, ungerecht und vermochte Kinder untereinander, Kinder und Eltern, Eltern und Erzieher auf eine Weise gegeneinander aufzuhetzen, dass es seinesgleichen suchte. Sie spann ein Netz von Intrigen, weit über die Grenzen des Kindergartens hinaus, das dem Netz von Pollocks Farbgebung, dem Wilden und Ungezügelten seines abstrakten Expressionismus wahrlich ähnelte.

All dies war Lilly nicht explizit bewusst. Vermutlich war es sogar eher die Farbgebung des amerikanischen Spätwerks, die der Garderobe der Kindergärtnerin ähnelte, aber das Kind konnte sich der Assoziation nicht erwehren: dieses Bild war Frau Voss.

Etwas verwirrt und müde, aber immer noch gefesselt von den Gemälden, ging Lilly schließlich zurück in ihr Bett. In diesen Büchern, da war sie sicher, hatte sie nicht zum letzten Mal geblättert.

Der Vater hatte einen anstrengenden Tag verbracht. Es wurde Frühling, da gab es viel zu tun. Beim Abendbrot hatte er erfreut festgestellt, dass es seiner kleinen Tochter Lilly inzwischen besser ging, das Fieber war gesunken. Sie hatte einen aufgewühlten Eindruck gemacht, das schrieb er der Tatsache zu, dass seine Frau ihr in Aussicht gestellt hatte, morgen wieder aufstehen zu dürfen.

Als er nun das Kaminzimmer betrat, wunderte er sich über den Anblick, denn auf dem Fußboden lagen einige seiner Kunstbücher verstreut. Fünf oder sechs Bildbände lagen teils aufgeschlagen umher. Instinktiv sah er sich um, als könne er den Übeltäter noch erwischen. Schließlich schüttelte er leicht den Kopf, seufzte und begann aufzuräumen. Er hob zunächst den Pollock-Bildband auf, den sein Bruder Bernhard ihm aus den Staaten mitgebracht hatte. Er stellte ihn zurück ins Regal, gefolgt von den anderen Büchern bis hin zu einem Band über den französischen Realismus, den er dann doch wieder herauszog und mit zu seinem Sessel nahm.

Seine Kunstbücher, wie sehr er sie liebte! Vielleicht würde sich ja eines seiner Kinder auch eines Tages für die Kunst interessieren, so hoffte er an diesem Abend, an dem die untergehende Sonne seinen Hof in ein wunderbares Licht tauchte.

Teil I: Paris

1

Das Abenteuer konnte beginnen. Lilly schaute hinüber zu den drei aufgeschlagenen Bildbänden, die auf ihrem Bett lagen. Ihre Reiseanleitung. Ihr Wegweiser in eine Zukunft, von der sie selbst noch kaum eine Vorstellung hatte. Hauptsache anders, vorwärts. Sie ging langsam etwas näher und warf einen letzten, intensiven Blick auf jedes der drei Bilder, dann klappte Lilly die Bücher zu und stellte sie ins Regal zurück.

Etwas spöttisch besah sie den riesigen, vollgestopften Rucksack auf dem Fußboden. Normalerweise verreiste sie mit einem Hartschalenkoffer, doch eine Abenteuerreise wie diese verlangte nach einem Trekkingrucksack. Dachte Lilly zumindest. So ganz sicher war sie sich inzwischen zwar nicht mehr, aber für Zweifel war es zu spät. Sie würde das jetzt durchziehen.

„Wir müssen los, oder?"

Lillys Mutter stand in der Tür und wischte die Hände an ihrer geblümten Kochschürze ab. Optisch hatte sie sich kaum verändert. Vielleicht war sie ein bisschen kleiner geworden, etwas in sich zusammengesunken nach allem, was passiert war. Als hätte man ein wenig Luft rausgelassen aus einem Leben, das vorher übervoll war mit Alltäglichem. Der Hof hatte Lillys Mutter komplett ausgefüllt. Jahrzehntelang hatte sie in ihrer großen Bauernküche gestanden und völlig mühelos eine Mahlzeit nach der anderen zubereitet. Um den riesigen Holztisch versammelte sich stets eine Schar hungriger Gäste. Lilly hatte oft staunend zugesehen, welch riesige Portionen die Lehrlinge verdrücken konnten. Wie selbstverständlich gesellten sich neben den Angestellten auch Nachbarn, Freunde und die Kunden des Hofladens dazu, die gerne auf einen ausgedehnten Kaffee blieben, eine Brotzeit und den neuesten Tratsch aus der Umgebung. Der Hofladen kannte keine Öffnungszeiten, und Lillys Mutter keine Langeweile.

Und jetzt wohnte sie in dieser stillen Drei-Zimmer-Wohnung. Hübsch zwar, aber kein Vergleich zu ihrem alten Leben. Für Lillys Mutter ein schlechter Tausch. Keine Weite mehr, keine Felder, kein Wald, keine Luft. Und keine Aufgabe. Vielleicht war es die Enge, die die Mutter kleiner gemacht hatte, ihr Körper passte sich einfach der neuen Umgebung an.

„Ja, lass uns fahren, sonst verpasse ich noch meinen Flug.", sagte Lilly nun mit einem Blick auf die Uhr und griff nach ihrem Gepäck.

Das kleine Gästezimmer in Mutters neuer Wohnung war eine schnelle und unkomplizierte Notlösung gewesen. Die vertraute Gesellschaft tat beiden gut, auch wenn Lilly ohnehin die meiste Zeit in der Kanzlei verbrachte. Nach der Trennung von Robert war sie froh gewesen über die Möglichkeit, einfach in einer Art Kinderzimmer unterschlüpfen zu können. Unter Mutters Flügel, ein zeitlebens sicherer

Hort.

Sie hatte nur wenig mitgenommen aus Roberts und ihrem gemeinsamen Leben. Er blieb vorerst in der Wohnung und behielt die Möbel, und die wenigen persönlichen Dinge, an denen Lilly hing, waren mitsamt ihren Büchern schnell im Gästezimmer untergebracht. Ihren Kleiderschrank hatte sie bei dieser Gelegenheit gründlich ausgemistet, und so passte nun fast alles, was sie besaß, in den Reiserucksack. Lilly blickte ein letztes Mal auf ihr provisorisches Reich.

„Soll ich meine restlichen Sachen noch wegräumen?", fragte sie ihre Mutter. „Ich meine, falls dich irgendetwas stört, falls du mehr Platz brauchst... Ich könnte den Kram schnell in den Keller tragen? Immerhin werde ich zwei Monate lang weg sein und danach..."

„Mach dir keine Sorgen. Ich brauche doch ohnehin kein Gästezimmer. Wer soll mich denn besuchen? Oder glaubst du allen Ernstes, dass deine Schwester sich hierhin verirrt?"

Die Mutter zog die Augenbrauen hoch und berührte Lilly vorsichtig am Arm.

„Vermutlich nicht."

Lilly seufzte und bemühte sich, die irritierenden Gedanken an ihre Schwester zu unterdrücken, während sie sich auf den Weg zum Auto machte und das Gepäck einlud.

Die Mutter nahm nicht den schnellsten Weg zum Flughafen. Sie fuhr stets die absonderlichsten Umwege, um ja am alten Hof vorbeizukommen, als müsse sie dort noch nach dem Rechten sehen. Lilly verstand nicht, weswegen sie sich dem Schmerz jedes Mal aufs Neue freiwillig aussetzte. Aber auch diesmal lenkte die Mutter den Wagen wieder auf die Straße, die einen Blick auf die so vertrauten Mauern zuließ.

Lillys Hand umfasste fest den Türgriff, und sie erwartete das dumpfe Gefühl in der Magengrube, das nun kommen und die Erinnerung an glückliche Zeiten zwangsläufig begleiten würde. Zwar könnte sie die Augen schließen, doch die Bilder würden trotzdem aufblitzen, denn sie trug sie in sich wie eine einzigartige Kostbarkeit, die wunderbar, überlebenswichtig und doch zugleich so schmerzhaft war.

Lilly sah es den Bruchteil einer Sekunde früher als ihre Mutter. Nach nur einem einzigen, vorsichtigen Augenaufschlag erfasste sie den Bagger, die groben Laster mit den Containern und das riesige Loch inmitten der Spezialwiese links neben dem grünen Hoftor. Noch bevor sie etwas sagen konnte, bremste die Mutter so scharf, dass der Trekkingrucksack krachend von der Rückbank flog.

„Das können sie nicht machen", flüsterte sie und trat dann erneut aufs Gaspedal. Zielsicher steuerte sie auf die Spezialwiese zu.

„Lass doch bitte, Mama...", versuchte Lilly sie zu stoppen. „Natürlich können sie. Es ist ihr Hof. Verstehst Du? Ihrer!"

Die Mutter bremste erneut und legte resigniert den Kopf auf ihre Hände, die das Lenkrad an seinem oberen Rand umklammerten. Lilly war sich sicher, dass sie in diesem Moment wieder etwas schrumpfen würde. Sie hörte, wie ihre Mutter ein paar tiefe Atemzüge nahm.

Lilly hatte als Anwältin den Hofverkauf begleitet. Ihr war es eigentlich ganz recht, dass es so schnell gegangen war. Ihre Mutter hätte die viele Arbeit alleine nicht geschafft, und sie selbst und ihre Schwester Mathea hatten nun wirklich keine Ambitionen, den Hof weiterzuführen. Es hatte einmal eine Zeit gegeben, in der sie das gerne gemacht hätte, aber Vater hatte es ihr ausgeredet. Die ungewissen Zukunftsperspektiven für die Agrarwirtschaft, die schlechten Verdienstmöglichkeiten, die harte Arbeit, die seine jüngere Tochter ja doch nicht völlig ausfüllen würde... und so weiter. Und jetzt war es so, wie es eben war. Der Hof war weg.

Sämtliche Erinnerungen waren allerdings noch da. Verzerrt womöglich, lange her und gepaart mit kindlicher Phantasie, aber doch so sonnenklar. Kindheitserinnerungen an scheinbar endlose, warme und überglückliche Sommertage am Bach, auf dem Trecker, am Waldesrand. Der Geruch nach dem

Regen, frische Wiese, Fliederblüten, nasses Holz. Erinnerungen an kalte Winter am offenen Kamin, angekuschelt an Lumpis weiches Fell, an die Schneemänner auf der Spezialwiese, auf der alles möglich war. Auch der Tod.

„Hallo, Frau Schulze-Blum!", der Neue kam laut rufend und energisch winkend auf den Wagen zu und riss Lilly aus ihren Gedanken. Er übertönte sogar das gleichmäßige Brummen des Baggers. Van Goghs Selbstbildnis, schoss es Lilly sofort wieder in den Kopf. Sie konnte es nicht verhindern, die Ähnlichkeit war so verblüffend. Schon bei all ihren vorherigen Begegnungen hatte sie das Bildnis im Sinn gehabt. Der gleiche orangefarbene Bart, die gleichfarbig kurzen und doch leicht gewellten Haare, das strenge, hagere Gesicht mit dem unnachgiebigen, immer etwas ängstlichen Blick, der sich nun allerdings in ein Strahlen verwandelte.

Die Mutter hob langsam den Kopf vom Lenkrad, gab sich aber keine Mühe zu lächeln. Der Neue öffnete schwungvoll die Türe, ergriff und schüttelte Mutters Hand.

„Wie schön, dass wir uns mal wiedersehen! Geht es Ihnen gut? Wir haben hier ein neues Projekt gestartet. Wir bauen ein Häuschen für meine Schwiegereltern, sehen Sie?"

„Ja, ich… Wir…"

Frau Schulze-Blum wischte sich über die Augen, als sei sie gerade aus einem verwirrenden Traum erwacht, den sie möglichst schnell vergessen wollte. Sie schnallte sich in Zeitlupe ab und stieg aus dem Auto. Ihr ganzer Körper schien sich dagegen aufzulehnen, die simpelsten Regeln der Höflichkeit gegenüber diesem Verräter zu wahren.

„Schauen Sie mal", fuhr der Neue ganz unbekümmert fort. „Das geht ja heutzutage alles so schnell, hier kommt die Garage hin, dort das Haus. Ende des Jahres wird alles fertig sein. Ich melde mich, wenn wir das Richtfest feiern, dann müssen Sie unbedingt kommen!"

Lilly war inzwischen auch ausgestiegen und hatte dem Neuen die Hand gegeben. Da ihre Mutter rein gar nichts sagte, stellte sie selbst ein paar Fragen und gab sich Mühe, möglichst interessiert zu klingen. Van Goghs Antworten hörte sie jedoch nicht.

Sie blickte auf die Spezialwiese, die ihren Namen Mathea zu verdanken hatte. Der kleinen Mathea, die es damals so speziell fand, dass auf der Wiese ständig etwas anderes passierte. Einen Sommer lang grasten dort zwei braune Ziegen namens Coca und Cola, die ihr Vater bei einer Wette gewonnen hatte. In einem anderen Jahr baute Mathea an gleicher Stelle einen immer größer werdenden Hasenstall, denn ihre ersten beiden Kaninchen waren doch keine zwei Weibchen gewesen, wie sich schnell herausgestellt hatte. Vater hatte seinen fünfundfünfzigsten Geburtstag hier gefeiert, in einem großen Festzelt mit Live-Musik und der gesamten Nachbarschaft. Sogar ein Wanderzirkus hatte die Spezialwiese einst für die Unterbringung seiner Tiere genutzt.

Und schließlich war es hier passiert, hier war es zu Ende gegangen, ein zu kurzes Leben mit so einem unbefriedigenden Finale. Der Beginn des Endes hatte genau hier, ausgerechnet hier stattgefunden mit Lilly in einer unfreiwilligen Nebenrolle. Die Bilder würden sie für den Rest ihres Lebens begleiten.

Und er hatte es gewusst!

Er hatte es gewusst.

„Ich bringe meine Tochter zum Flughafen, wir müssen uns beeilen, es ist noch ein weiter Weg. Und sehen Sie, jetzt regnet es auch noch!" Mutter hatte ganz plötzlich ihre Sprache wiedergefunden und drängte inmitten von van Goghs blumiger Schilderung zum Aufbruch. Sie deutete zum Himmel und schüttelte leicht den Kopf. Für sie schien der plötzliche Wetterumschwung eine nur logische, konsequente Reaktion des Himmels auf das gerade Erlebte. Der Neue entschuldigte sich freundlich, sie so lange aufgehalten zu haben, und sie verabschiedeten sich voneinander. Die Fassungslosigkeit in den Gesichtern der beiden Frauen, ihre geradezu versteinerten Mienen und Bewegungen hatte er nicht im Geringsten registriert.

Nach endlosen Minuten im Auto, in denen sie nur geschwiegen hatten, bot Lilly schließlich an umzukehren.

„Ich muss ja nicht unbedingt jetzt fahren, vielleicht nächste Woche oder…"

„So ein Quatsch, Kind", unterbrach sie die Mutter.

„Du bist also sicher, dass ich dich allein lassen kann, jetzt, nachdem…?"

„Natürlich. Sie hätten es einfach nur woanders hin bauen können, das ist alles."

Für Mutter war das Thema damit erledigt. Sie war viel härter, als es ihr schrumpfender Körper erahnen ließ.

Am Flughafen angekommen drückte Lilly ihre Mutter etwas länger und fester als sonst. Ihre Mama, der selbstloseste und unbeugsamste Mensch, dem sie je begegnet war. Sie war wie die viel zitierte Eiche im Sturm, so sicher, ganz standhaft. Immer für sie da, wie es nur Mütter sind. So selbstverständlich. Als sie einander endlich losließen, beeilte Lilly sich, in die Abflughalle zu kommen, denn der außerplanmäßige Zwischenstopp am Hof hatte viel Zeit gekostet.

Plötzlich hatte sie es wirklich eilig. Hier musste sie jetzt weg. Jetzt erst recht. Rückblickend kam ihr das komplette eigene Leben wie eine gleichförmige Masse vor. Als hätte es überhaupt keine erwähnenswerten Momente gegeben, als sei in vierunddreißig Jahren nur das passiert, was unbedingt passieren musste. Keine Leuchttürme und keine Felsschluchten. Ihr Leben war dahingeplätschert, wie von einem desinteressierten Langweiler im Voraus programmiert, ohne jede Kontur.

Ihre eigene Zeitrechnung hatte erst begonnen, seitdem alle fortgingen.

Mathea.

Vater.

Robert.

Seit die Verluste Löcher in ihr Leben rissen wie der Bagger in die Spezialwiese. Seitdem konnte sie sich plötzlich an jede einzelne Minute erinnern, jetzt hatte das Leben begonnen, seine möglichen Ausprägungen zu demonstrieren. Zwar zeigte es sich momentan nicht von seiner guten Seite, aber immerhin war da nun eine neue Lebendigkeit. Ein Aufwachen, ein schlagartiges Auftauchen aus dem Einheitssumpf. Plötzlich fühlte sie. Einsamkeit. Verlassenheit. Die Endlichkeit der Dinge erweckte Lilly zu einem neuen Anfang.

Aber ging das überhaupt? Mitten im Leben ein Anfang? Die neuen Löcher in Lillys Leben waren in Wahrheit tiefe Wunden, die bluteten und schmerzten. Wo gab es Heilung? Wie gab es Heilung?

Eiligen Schrittes bahnte sie sich den Weg durch die Reisenden, vorbei an Rollkoffern und Anzeigetafeln. Die Dame am Schalter erinnerte Lilly an die Mona Lisa, nur dass sie nicht lächelte. Kerzengerade und starr saß sie hinter ihrem Computer, die Hände schwach übereinander gelegt wie das große Original. Sie erkundigte sich missmutig nach Lillys Reiseziel, ohne dabei ihre Haltung auch nur minimal zu ändern. Mit einer Entschlossenheit, die Lilly selbst nicht von sich kannte, warf sie ihr hippes Gepäckbündel auf das Förderband, nahm ihr Ticket entgegen, schenkte der traurigen Mona Lisa einen aufmunternden Blick und ging schnurstracks zum Gate.

Jetzt ging es los, die Zeit war reif.

2

„Wissen Sie, was mich am meisten beeindruckt? Die Weite, die in diesem Bild zum Ausdruck kommt, diese unendliche Weite und die Stille, die über der Szene liegt."

Lilly hob erstaunt den Kopf. Sie hatte, abgesehen von kurzen Telefonaten mit ihrer Mutter und der Kanzlei, seit über zwei Wochen kein deutsches Wort gehört. Und nun war da dieser junge Mann neben ihr, den sie bis gerade eben gar nicht wahrgenommen hatte. Sie saßen auf einer großen, lederüberzogenen Bank im Pariser Louvre, im Flügel der Franzosen des 17. Jahrhunderts, vor Nicolas Poussins ‚Der Sommer oder Ruth und Boas'. Seit über vierzehn Tagen saß Lilly nun vor diesem Bild.

Sie war auch durch andere Abteilungen des Louvre geschlendert, hatte die Mona Lisa und im Musée d'Orsay van Goghs Selbstbildnis besucht, hatte sich treiben lassen durch die Stadt der Liebe, im Touristenstrom hin zu Kirchen, Denkmälern, in Kaufhäuser, Teesalons und Galerien. Sie hatte bei Café au lait und Croissants die ersten Strahlen der Frühlingssonne aufgesogen und lange Spaziergänge unternommen.

Lilly liebte den Frühling. Sie mochte alle Jahreszeiten, aber den Frühling ganz besonders. Die Zeit, in der wieder Leben in die Dinge einzog, Farbe, Wärme. Es war jedes Jahr ein befreiender Ruck durch das Geschehen auf dem Hof gegangen, als habe der Winter zuvor alle Betriebsamkeit verlangsamt. Gleich den Blumen aus der Erde sprossen Energie und Freude, alles wurde bunter und schneller. Und für dieses Frühjahr hatte Lilly so große Pläne.

Und jetzt saß sie hier, vor Poussins Sommerbild, auf dem Schoß die deutschsprachige Ausgabe des Katalogs, was dem Fremden neben ihr wohl ein Hinweis gewesen war.

„Genau", bemerkte sie nun, „so geht es mir auch. Für mich spielt die zentrale Szene, das Bittgesuch von Ruth, gar keine entscheidende Rolle. Es ist die Natürlichkeit der Szene, die mich berührt, diese arbeitsame Sommerstimmung auf dem Land."

„Und die Farben!", warf der Fremde ein. „Die gesamte Komposition ist sehr harmonisch, sowohl in der Anordnung der Bildkomponenten als auch in ihrem Gesamteindruck."

Lilly nickte, und gemeinsam blickten sie auf das Bild. Sie unterhielten sich darüber, ohne einander anzusehen, ohne sich einander vorzustellen, ganz versunken in das Kunstwerk. Sie sprachen intensiv über die Szene auf dem Land, die auf dem Bild zu sehen ist. Über das große, bislang noch kaum bearbeitete Ährenfeld in voller Pracht, über den wuchtigen Baum im linken Vordergrund, unter dem Frauen und Männer ihrer Arbeit nachgehen, aus einem Krug trinken, Korn umfüllen, Früchte sortieren.

Über Boas im Mittelpunkt des Gemäldes, der die kniende Ruth vor sich sieht, die um Erlaubnis für ihre Arbeit im Feld bittet. Daneben der Diener mit der kriegerischen Lanze, die fast stört in der Idylle, die besonders von der Großherzigkeit der geöffneten Arme Boas' lebt. Er wird Ruth die Arbeit in seinen Feldern gestatten, wird sie später, wenn er beeindruckt sein wird von ihrer bedingungslosen Aufopferung und Liebe zur Familie, zur Frau nehmen. Ein Bild als Symbol für den Sommer. Für Wärme und christliche Nächstenliebe. Lilly und der Fremde waren sich einig über die beeindruckende Qualität des Werkes und seine faszinierende Wirkung auf den Betrachter.

„Das Bild ist mein Vater", flüsterte Lilly plötzlich inmitten der Ausführungen ihres Sitznachbars über die Beschaffenheit der Pinselstriche.

„Wie bitte?"

Lilly atmete tief ein.

„Seitdem ich denken kann, verbinde ich Menschen mit Kunstwerken", sagte sie geradeheraus. „Ich verstehe nicht viel von Kunst, wirklich nicht. Ich habe keine Ahnung von Künstlern, von Epochen, Stilen oder Techniken. Aber ich liebe es, mir Bilder anzusehen, und ich vergesse sie nicht. Wenn ich Menschen treffe, fällt mir meist sofort ein Gemälde ein. Verrückt, ich weiß. Dieses Bild hier erinnert mich an meinen Vater, immer schon. Es ist diese Sommerruhe, dieser Fleiß, die Liebe zur Natur, all das verbinde ich mit ihm. Er war Landwirt und lebt nicht mehr, müssen Sie wissen. Ich bin nach Paris gekommen, um dieses Bild zu sehen, zum ersten Mal im Original."

Noch nie zuvor hatte Lilly jemandem in so kurzer Zeit so viel über sich erzählt. Sie gab sowieso nicht viel über sich selbst preis, es gab ja in ihren Augen auch nichts sonderlich Interessantes. Über ihre besondere Beziehung zu Kunstwerken sprach sie erst recht nicht und natürlich niemals mit Fremden. Doch irgendetwas war heute anders. Sie erschrak kurz über ihre eigene Offenheit, realisierte dann aber sofort und halbwegs gelassen, dass es nun eben passiert war. Die Worte waren gesprochen, die wenigen Sätze waren gesagt. Doch wieso sollten sie diesen Wildfremden interessieren? Schnell versuchte Lilly, von ihren bedeutungsschweren Worten abzulenken.

„Und wieso sind Sie hier?"

Sie wandte sich um und sah den jungen Mann nun direkt an. Lilly war überrascht, wie attraktiv er war. Er hatte blondes, längeres Haar und hellblaue Augen, trug ein Sakko über dem T-Shirt und Sneakers. Er würde viel besser in ein zeitgenössisches Museum passen, befand Lilly. Hier zwischen den alten Meistern wirkte er irgendwie falsch.

„Ich bin Florentin. Florentin Kluge aus Hamburg", sagte dieser nun und reichte Lilly die Hand.

„Lilly Schulze-Blum aus Niedersachsen", murmelte Lilly verlegen. „Die mit dem Kunst-Spleen…"

„Nein, nein! Ich fand wirklich sehr interessant, was Sie gesagt haben. Sehr… besonders. Sehen Sie, ich bin Kurator und beschäftige mich seit vielen Jahren tagtäglich mit der Kunst. Ich wünschte mir manchmal einen weniger… studierten, wissenschaftlichen Blick auf das Ganze. Wahrscheinlich verstehen Sie viel mehr von Kunst als ich. Sie sehen die reine Absicht des Künstlers, denn wenn Sie solche Verbindungen ziehen können, haben Sie den Kern verstanden. Sie sind zu beneiden!"

Er lächelte sie an, doch Lilly wurde immer beschämter. Jetzt war sie ausgerechnet an einen Experten geraten! Schnell suchte sie in ihrem Gedächtnis nach einem klugen Gedanken, als müsse sie gegenüber dem Kurator ihr laienhaftes Kunstgeschwätz wiedergutmachen.

„Über dieses Bild hier weiß ich zufällig einiges. Poussin stammt aus der Normandie, ist Frankreichs bedeutendster Maler des Barock, der allerdings viel Zeit in Rom verbracht hat. Als sogenannter gelehrter Maler hat er sich mythologischen und religiösen Themen gewidmet, aber auch der Landschaftsmalerei. Er war sogar Hofmaler von König Ludwig XIII.! Na, was sagen Sie nun?"

„Sehr beeindruckend!", schmunzelte Florentin Kluge.

„Katalogwissen…", gab Lilly zu.

Sie lachten einander an, und Lilly war froh, dass er sie scheinbar nicht für eine Spinnerin hielt und auch nicht länger auf dem Thema insistierte. Stattdessen schlug er vor, ihr nun seine Lieblingsbilder der Sammlung zu zeigen, also gingen sie zusammen durch den Richelieu-Flügel, sprachen über die Gemälde, über Paris und das Leben.

Ihr gleichermaßen inspirierendes und unterhaltsames Gespräch setzten sie bei einem spontanen Abendessen fort, und Florentin erwies sich als charmanter und spannender Gesprächspartner. Er erzählte von seinem kunsthistorischen Studium, von seinen vielen Reisen und der Arbeit im Museum. Lilly hatte sich solche Typen immer ganz anders vorgestellt, irgendwie viel biederer, introvertierter. Wie sie erfuhr, spielte Florentin in der Freizeit Schlagzeug in seiner alten Schülerband und fuhr gern mit Freunden zum Surfen. Das passte schon eher. Was für ein widersprüchlicher Mensch, dachte Lilly amüsiert. Als könne er ihre Gedanken lesen, hob Florentin entschuldigend die Schultern und grinste verlegen.

„Meine Eltern haben eine Galerie, irgendwie lag es wohl in den Genen…"

Nach dem Dessert kam er schließlich doch noch einmal auf Lillys Kunst-Spleen zu sprechen, der ihn ernsthaft zu interessieren schien. In einer Offenheit, die man womöglich nur Fremden gegenüber an den

Tag legt, begann Lilly, zu erzählen. Über ihre bizarre Liebe zur Kunst, zu Gemälden im Speziellen, die womöglich von der riesigen Sammlung Kunstbildbände herrührte, die ihr Vater im Kaminzimmer bewahrt und die sie schon als Kind fasziniert hatte. Dass es oft Portraits waren, die sie an Menschen erinnerten, oft allerdings auch nur Gefühle oder Stimmungen eine Rolle spielten oder es Szenen auf Gemälden waren, die die Erinnerung an jemanden wachriefen. Es war schon vorgekommen, so sagte sie, dass es sich ihr selbst erst nach einer Weile erschloss, wo die Verbindung zwischen Person und Kunstwerk lag. Florentin hörte gespannt zu und wollte schließlich wissen, ob ihr zu ihm auch bereits ein Kunstwerk eingefallen sei. Lilly lächelte nur vielsagend.

Nach Vaters Tod erkundigte er sich nicht genauer, worüber Lilly sehr erleichtert war. So blieb es ihr erspart, von jenem schrecklichen Tag im vorvergangenen Herbst zu berichten, der ihr Leben in einer so einschneidenden Weise verändert hatte.

Es war für einen Herbsttag ungewöhnlich kühl gewesen, und der auffrischende Wind hatte bereits einige der bunt gefärbten Blätter von den Bäumen geholt. Ein Freitag, ein später Freitagnachmittag. Lilly war nach Hause gekommen, um den Abend mit alten Schulfreunden zu verbringen. Ohne Robert, wie meistens. Er bevorzugte es zu diesem Zeitpunkt längst, auch am Wochenende durch seine

Akten zu gehen. Lilly hingegen hatte die Kanzlei früh verlassen und wollte am Wochenende auf dem Hof helfen, ihr Vater hatte sie darum gebeten. Es war zu diesem Zeitpunkt schon eine Weile her, dass Mathea sich zuletzt hatte blicken lassen, auf ihre Hilfe war also nicht mehr zu zählen.

Wenn Lilly sich an diesen Herbsttag erinnerte, liefen die Stunden wie ein Film vor ihrem inneren Auge ab. Ein ganz schlechtes Zeichen, das hatte sie mal gelesen, ein Hinweis auf ein Trauma, eine schwere seelische Erschütterung.

Nichts anderes war es gewesen.

Denn dann hatte sie ihn gefunden. Kaum, dass sie ihr Auto abgestellt hatte, machte sie den grausamen Fund auf der Spezialwiese. Ihr Vater lag gekrümmt und zuckend vor Schmerzen sich windend auf der Erde. Sie war zu ihm gerannt, hatte den Rettungswagen gerufen und bei ihrem Vater gekauert, bis Hilfe kam.

Sie erinnerte jede Einzelheit. Was sie anhatte. Was er anhatte. Wie es roch, wie es sich anfühlte. Und was sie sah. Die grenzenlose Angst in seinen weit aufgerissenen Augen, ein Anblick, der sich ihr für alle Zeiten eingebrannt hatte. Er hatte ihre Hand umfasst, sie leicht gedrückt mit dem bisschen Kraft, das er noch zur Verfügung hatte.

„Lilly, meine Lilly", hatte er geflüstert, und es sollten seine letzten Worte sein in diesem Leben, von dem nur er allein gewusst hatte, dass es enden würde.

Nur er allein und eine Handvoll Ärzte.

Gestorben war er schließlich erst im Krankenhaus. An einem Ort, an dem er kein Unbekannter war, wie sich rasch herausstellte.

„Wir haben ihm oft gesagt, dass er sich ihnen anvertrauen soll. Dass man es leichter erträgt, wenn man nicht allein ist, wenn die Familie Unterstützung und Halt gibt. Er wollte nicht. Es war sein absoluter Wunsch, da konnten wir nichts machen.", sagte einer der Ärzte, vor dem die Mutter, Lilly und sogar Mathea standen, als die Nacht längst ihre kalten Schatten über alles gelegt hatte.

Mit ihm war für Lilly nicht nur ein liebevoller Vater gestorben, sondern auch ein guter Freund, ein steter Förderer, ein Helfer in jeder Lebenslage. Ihr Vorbild war nicht mehr da. Genauso wenig wie ihr Vertrauen in die Ehrlichkeit. Es war erschüttert, weg, tot.

Von alldem erfuhr nun Florentin Kluge nichts, der so freundlich, so wortgewandt und einfühlsam daherkam. Der einen Teil ihrer Wahrheit bekommen hatte, den seine hellblauen Augen einfach geschluckt hatten. Bei ihm, dem wildfremden Kurator, schien sie gut aufgehoben.

3

Reisetagebuch

Paris, 28. März

Die ersten beiden Wochen meiner Reise sind vorüber. Alleine Urlaub zu machen ist anfänglich etwas ungewohnt, aber überhaupt nicht schlimm, soviel kann ich mit Bestimmtheit sagen. Und Paris ist noch viel schöner, als ich es in Erinnerung hatte! Am meisten freut mich, dass die Franzosen beim ersten Sonnenstrahl ihr Leben nach draußen verlagern. Jede Brasserie, jedes Bistro öffnet die Terrasse, sobald sich die Wolken verzogen haben. Dann trinken die Franzosen ihren winzigen, starken Kaffee und scheinen glücklich, endlich wieder draußen zu sein. Ich sehe mir in den Schaufenstern die neue Sommermode an (schade, dass ich keinen Platz im Gepäck habe!), beobachte die Französinnen (wieso tragen sie immer und zu jeder Gelegenheit, selbst stundenlang im Museum, hohe Schuhe?) und genieße diesen unfassbaren Gemälde-Reichtum der Stadt (großartig, was für eine Quelle der Inspiration!).

Eigentlich könnte ich also glücklich über diesen Reiseauftakt sein, doch leider hat mein Plan nicht funktioniert.

Ich kann Vater nicht verzeihen.

Ich verstehe ihn nicht, solange ich auch auf das Bild starre, solange ich nachdenke, mich an ihn erinnere, an unsere gemeinsame Zeit, an alles, was zwischen uns ge-

schah, gesagt, gelebt wurde. *Es funktioniert nicht, so sehr ich mich auch bemühe. Dabei muss ich so dringend meinen Frieden damit machen, um seinetwillen, um meinetwillen. Aber ich kann nicht.*

Wie kann man so ein Geheimnis mit sich herumtragen? Direkt vor den Augen der Menschen, die man über alles liebt, die einen über alles lieben? Wenn bedingungsloses Vertrauen im Leben eine so immense Rolle gespielt hat, wie kann es hinfällig sein im Tod?

Ja, ich bin zutiefst beleidigt. Beleidigt und grenzenlos enttäuscht. Er hätte sich mir anvertrauen müssen. Uns. Mutter. Mathea. Er hätte es uns sagen müssen. Vielleicht hätten wir ihm helfen können. Bestimmt sogar. Sicher nicht in medizinischer Hinsicht, aber sind nicht Trost, Zerstreuung und Zuwendung ein so wertvoller Quell des Wohlbefindens?

Diese aufgezwungene Machtlosigkeit macht mich noch immer hilflos und unglücklich. Und auch wütend, ein Gefühl, welches ich eigentlich kaum kenne. Mein Leben lang war ich nicht wütend auf Vater. Und gleichzeitig bin ich voller Mitleid. Welche Sorgen, welche Qualen hat er erduldet, all die Untersuchungen, Diagnosen, Rückschläge, Schmerzen, falschen Hoffnungen und schlechten Nachrichten. Wie kann ein Mensch all das alleine ertragen?

Während ich also Stunde um Stunde vor Papas Sommerbild im Louvre verbringe, ringe ich mit diesen widersprüchlichen Gefühlen.

Wut. Mitleid. Liebe. Unverständnis. Erinnerung.

Ich hatte so gehofft, dass es mir helfen würde, hier zu sein. Dass mein Verstehen wachsen, mein Ärger abnehmen würde. Ich möchte endlich nur noch in liebevoller Erinnerung an Vater denken. Und endlich trauern.

Jetzt muss ich einsehen, dass mein Vorhaben bislang leider nicht aufgegangen ist. Vielleicht muss ich geduldig sein, aber es fühlt sich an wie ein herber Rückschlag gleich zu Beginn meiner Reise. Habe ich zu hohe Erwartungen an sie geknüpft? Können meine Hoffnungen nicht erfüllt werden? Wie sehr wünsche ich mir Antworten auf meine Fragen!

Papa, warum hast du nichts gesagt?

4

„Und du? Bist du verheiratet?", wollte Lilly wissen.

Eigentlich gab sie die Frage nur zurück. Florentin hatte sie zuerst gefragt, und sie hatte ziemlich ausführlich vom Scheitern ihrer Beziehung berichtet. Davon, wie langsam aber stetig erst das Verständnis füreinander, dann das Interesse aneinander, die gemeinsamen Lebensinhalte und schließlich die Liebe aus ihrem Juristenhaushalt ausgezogen waren. Sie erzählte von Roberts verbissenem Ehrgeiz, seinem Brennen für die Rechtswissenschaft, die Lilly selbst immer suspekter wurde. Je mehr die emotionalen Herausforderungen in ihrem privaten Leben wuchsen, desto weniger konnte sie verstehen, über welche Kleinigkeiten sich die Leute aufzuregen vermochten. Wie konnte man einander ernsthaft wegen Nichtigkeiten verklagen, während die Welt im Großen und Kleinen voller wirklicher Probleme war?

„Nein, ich bin nicht verheiratet.", antwortete Florentin nun.

Und nach einer Pause und einem Seufzer fügte er hinzu: „Nicht mehr."

Lilly hob interessiert die Augen und sah ihn an. Der Kellner brachte die bestellte Flasche Wein und eine Wasserkaraffe an ihren winzigen Tisch und schenkte umständlich ein. Sie saßen wieder in einer

Brasserie mitten in Paris, wie auch schon drei Tage zuvor, am Abend ihres Kennenlernens. Ein sehr französischer Ort mit verspiegelten Wänden, weißen Papierplatzdeckchen auf Leinentüchern und schwarz-weiß gekleideten Obern, die Platten voller Meeresfrüchte vor sich hin balancierten. Lilly und Florentin hatten beschlossen, sich noch einmal wiederzusehen, bevor sie beide sehr bald weiterreisen würden.

„Ich war fünf Jahre mit Andrea verheiratet.", knüpfte Florentin nun an seine Antwort an, nachdem der Kellner endlich verschwunden war.

„Es lief eigentlich alles gut, aber dann habe ich mich verliebt."

Er machte zuerst eine Pause, danach verzog er schmerzvoll das Gesicht.

„In meine Augenärztin.", fügte er hinzu, als sei dies der schlimmste Teil der Geschichte.

„In deine Augenärztin." wiederholte Lilly, weil ihr nichts Besseres einfiel.

„Ja. Ich hatte eine relativ komplizierte und langwierige Entzündung am Auge, weswegen ich immer wieder in ihre Praxis musste. Wir fingen irgendwann an, uns auch über private Dinge zu unterhalten. Sie ist sehr kunstinteressiert, belesen, witzig. Ich fühlte mich so wohl in ihrer Gesellschaft. Nach und nach nahm sie immer mehr meiner Gedanken ein. Sie hat mich sehr fasziniert, als Gesprächspartnerin, als Frau."

Florentin nahm einen großen Schluck Wein. Er hatte sich Lilly gegenüber sowohl bezüglich ihrer Kunst-Spleen-Geschichte als auch hinsichtlich der Robert-Story als dermaßen aufmerksamer und interessierter Zuhörer gezeigt, dass Lilly sich nun Mühe geben wollte, ebenfalls eine bereichernde Gesprächspartnerin abzugeben.

„Was ist denn genau passiert? Bist Du mit der Ärztin zusammengekommen?", fragte sie.

„Nein. Sie ist auch verheiratet und hat Kinder. Abgesehen davon habe ich lange nicht gewusst, ob sie sich überhaupt für mich interessiert. Dann, eines Tages, haben wir uns geküsst. Einmal. Das war's."

„Wow. Immerhin. Sie schien dich also auch zu mögen."

„Ich hatte sie zu einer Ausstellungseröffnung eingeladen. Hinterher waren wir noch in einer Bar und… naja. Sie sagte sofort nach dem Kuss, dass sie für nichts auf der Welt ihre Familie verlassen würde, und dass wir es dabei belassen sollten. Ich habe gemerkt, dass ich für sie vielmehr eine kleine Schwärmerei war. Es hat sie bei weitem nicht so zerrissen wie mich."

„Und deine Frau hat von dem einzigen Kuss erfahren und sich deswegen scheiden lassen?", fragte Lilly ungläubig.

„Nein", Florentin lächelte kurz, aber schmerzvoll.

Er glich diesmal weder dem weltgewandten Kunstexperten, noch dem souveränen Surfer. Offenbar hatte er noch mehr Facetten, stellte Lilly erstaunt fest, und jetzt zeigte er sich von einer besonders verletzlichen Seite.

Der Kellner brachte die Vorspeise an ihren Tisch, wobei er wieder mühevoll um sie herumtänzelte, und Lilly flüsterte Florentin augenzwinkernd zu: „Hast du gestern dieses Bild von Goya gesehen? Das Portrait von dem Mann, der eine Hand in die Seite stützt und in der anderen Hand…"

„Das ‚Bildnis des Don Evaristo Pérez de Castro‘!", wusste Florentin sofort Bescheid. Er lächelte nickend, denn der Kellner sah dem Mann auf dem Gemälde tatsächlich zum Verwechseln ähnlich.

„Ich wollte Andrea nicht verlieren.", kam er dann schnell zum Thema zurück.

„Aber eben auch nicht verletzen. Die Augenärztin hatte sich festgesetzt in meinem Kopf. Es ging jetzt ja gar nicht mehr darum, sie zu erobern oder so. Aber ich fand es einfach unfair, morgens neben Andrea aufzuwachen und an jemand anderen zu denken. Also habe ich ihr alles erzählt. Von dem Kuss, vor allem aber von meinen Gefühlen. Die ganze Wahrheit eben. Erst fühlte ich mich besser, wirklich erleichtert. Aber dann hat sie mich verlassen."

„Sie konnte dir nicht verzeihen?"

„Nein. Ich glaube, dass sie es versucht hat, aber in

ihren Augen war ich fortan ein polyamoröser Schuft, der am liebsten einen Harem unterhielte. So ein Quatsch."

„Puh. So ist das wohl mit der Wahrheit. Aufrichtigkeit, Ehrlichkeit... so gefeierte Charakterzüge und doch so verhängnisvoll."

Lilly dachte kurz an ihren Vater. Im Prinzip war auch er nicht unehrlich gewesen, sondern hatte einfach einen bedeutsamen Teil der Wahrheit weggelassen. Im Gegensatz zu Florentin. Der hatte sich dem gestellt, was denn da kommen mochte. Mit allen Konsequenzen seiner Ehrlichkeit.

„Ich konnte eigentlich nur verlieren. Entweder meine Ehefrau oder die Achtung vor mir selbst. Beides nicht schön."

Florentin zuckte mit den Schultern und sah traurig in sein Weinglas. Mit einer Hand spielte er an dem bronzenen Kerzenständer, in dem eine rote, halb heruntergebrannte Kerze flackerte.

„Und weißt du was?"

Man spürte deutlich, wie sehr ihn das Thema bewegt hatte und noch immer umtrieb. Er hatte eine Art, die Dinge ernst zu nehmen. Das war Lilly bereits bei all ihren vorherigen Gesprächen aufgefallen. Worüber er auch redete, er war immer mit großer Intensität dabei.

„Es ist ein gesellschaftliches Problem! Als ich mittendrin steckte in dem ganzen Gefühlschaos, da

glaubte ich, der einzige zu sein, der je in so eine ver-
zwickte Situation geraten war. Und irgendwann
habe ich realisiert, wie unendlich viele Filme, Bücher, Theaterstücke, Kunstwerke von Liebessorgen
handeln. Dass jedes zweite Lied, das im Radio läuft,
sich um Herzschmerz dreht. Die Welt ist voll davon!
Von unerfüllten Sehnsüchten, von Menschen, die
nicht zueinander finden, von Betrug, Leid, unange-
brachter Lüge und fehlerhafter Wahrheit. Es geht so
vielen genauso. So war es immer und so wird es
bleiben. Und warum? Weil es keine Lösung gibt!

Weil es Wahrheiten gibt, die keiner hören möchte,
weil man sie nämlich nicht ertragen kann. Weil die
Gesellschaft jedem genau einen Partner zubilligt.
Nur einen Menschen, dem man seine Liebe schenkt.
Und das ist nicht immer realistisch! Jeder weiß das,
und doch ist es nicht zu ändern. Weil es unsere Gefühle nicht zulassen. Weil es nicht auszuhalten ist,
wenn der Partner sich abwendet und plötzlich noch
jemand anderen liebt. Andrea fühlte sich betrogen,
verraten und belogen. Damit muss ich jetzt leben."

Florentin war erst immer lauter und zum Schluss
ganz leise geworden. Jetzt schüttelte er den Kopf.

„So ein uraltes und gleichermaßen aktuelles Thema, verrückt.", schloss er dann und sah Lilly aus
hilflosen Augen an.

„Was hätte ich denn tun sollen?", wollte er wissen.

„Naja…", Lilly war klar, dass ohnehin jeder Rat zu
spät kommen würde, aber sie hatte ob Florentins

eindringlichem Blick das Gefühl, dass ihm wirklich an einer Antwort gelegen war. Sie rang um möglichst einfühlsame Worte.

„Du hättest versuchen können, Deine Gefühle zu unterdrücken. Vielleicht hätte es von alleine aufgehört, es wäre vorbeigegangen. Nicht einfach so, aber mit der Zeit. Die Zeit ist oft ein so zuverlässiger Verbündeter. Aber natürlich, du hättest deiner Frau einen bedeutenden Teil deiner Gedanken verschweigen und mit der Ärztin eine potenzielle Freundin aus deinem Leben verbannen müssen. Irgendeinen Preis zahlt man immer. Aber, ja…", sinnierte sie über ihre eigene Antwort nach, „vermutlich hättest du dich wirklich zusammenreißen müssen. Darum geht es doch auch in einer Ehe. Dass man den anderen vor großem Kummer bewahrt, oder?"

„Du hast wahrscheinlich recht. Ich bin der Böse. Das gefällt mir allerdings überhaupt nicht, also suche ich ständig nach Rechtfertigungen."

Florentin spielte weiter mit dem Kerzenhalter und blickte langsam durch das gut besuchte Lokal als fragte er sich, ob all die anderen womöglich mehr Glück in Liebesdingen hätten. Ob irgendeiner dieser fröhlichen Franzosen die Formel für ein Leben ohne Liebesleid gefunden hätte. Oder würden sie sich alle auch nur etwas vormachen, wenn sie ihren Liebsten heute Nacht hinter den schweigsamen Wänden kleiner Mansarden die ewige Liebe versprächen?

„Nett, dass du zugehört hast, danke.", sagte er schließlich.

„Keine Ursache."

Lilly lächelte ihn an.

„Ich bin Juristin und mag leidenschaftliche Plädoyers für die Wahrheit. Und auch für die Liebe. Allerdings… naja, mein eigenes Liebesleben kommt mir im Lichte dessen so bedeutungslos vor. Oberflächlich und leblos. Nun, wo kein Überschwang der Gefühle, da immerhin auch keine Verletzungen, man muss ja das Positive sehen", sagte sie mit nur halb gespielter Ironie.

„Das ist ja genau das, was ich meine!"

Florentin kam schon wieder in Fahrt und setzte sich ein bisschen aufrechter auf seinen Stuhl.

„So viele Menschen gibt es doch gar nicht, die einem wirklich wichtig sind! An wen hast du die letzten, sagen wir mal… drei Jahre jeden einzelnen Tag gedacht, weil er dir viel bedeutet?"

„Hmm…", Lilly zögerte.

„An meine Eltern sicherlich, an meine Schwester auf jeden Fall. Wohl auch an Robert, aber nicht immer besonders liebevoll."

Sie machte eine Pause.

„Vielleicht an Maria, unsere große Hilfe auf dem Hof. Sie hat früher oft auf uns aufgepasst. Ich kenne sie seit über dreißig Jahren. Und wahrscheinlich an einen ehemaligen Mandanten, der nur in druckreifen, wahrhaftigen Sätzen sprach. Selten hat mich jemand so beeindruckt."

„Genau das meine ich. Das sind die Wegbegleiter, die zählen. Die, die sich in Herz und Hirn brennen. Wie selten im Leben trifft man auf jemanden, den man so sehr mag! Und ich spreche nicht von irgendwelchen flüchtigen Sympathien, oberflächlichen Bekanntschaften, One-Night-Stands oder so. Sondern von Menschen, die etwas tief im Inneren auslösen, die, wie man so schön sagt, auf der gleichen Wellenlänge liegen.

Auch wenn man irgendwann den Kontakt verliert, so sind diese Menschen doch ein Stück des Weges dabei gewesen und haben das Leben geprägt. Solche Begegnungen sind rar, kostbar und bereichernd, aber spätestens in einer Ehe dürfen sie nicht mehr sein. Zumindest dann nicht, wenn es sich ums andere Geschlecht handelt, und man den möglichen Wegbegleiter auch noch attraktiv findet…

Ich denke jeden Tag an Andrea. Auch an die Ärztin und auch an meine langjährige Freundin aus Studienzeiten. Und nicht, weil ich die Liebesbeziehung mit ihnen vermisse, sondern weil mir die Menschen viel bedeutet haben und immer noch bedeuten. Eine Art liebevolle, dankbare Erinnerung. Und gleichzeitig bin ich traurig darüber, dass ich sie alle irgendwie verloren habe. Dass es nicht so einfach möglich ist zu erfahren, wie es ihnen geht, was sie machen, wovon sie träumen. Da ist man über einen langen Zeitraum so nah, und dann trennen einen unüberbrückbare Welten."

Er machte eine lange Pause, aber Lilly sah ihm durch den Schein der Kerze an, dass er immer noch darüber grübelte, warum es keine angenehmere Lösung für sein Problem gegeben hatte. Er schüttelte kaum merklich den Kopf.

„Ich bin wirklich nicht für offene Beziehungen, freie Liebe oder so", sagte er nach einer Ewigkeit.

„Aber ich bin dafür, dass man alle besonderen Menschen in seinem Leben behalten darf, egal was kommt. Sonst wird es einsam, und das ist das Schlimmste. Und ich glaube immer noch fest an die wahre Liebe."

Seine Worte hallten eine Weile nach, es gab dem nichts hinzuzufügen. Sie wechselten vorsichtig das Thema, und Florentin wurde langsam wieder zu einer der Personen, die Lilly von ihrem ersten Abendessen kannte. Er streifte den verletzten Florentin, dessen Herz gebrochen war, ab, und zum Vorschein kam der witzige und nicht weniger empfindsame, galante Surfer.

Lilly war auf eine eigentümliche Art berührt davon, wie sehr Florentin unter seinen eigenen Gefühlen und dem, was er durch sie ausgelöst hatte, litt. Er machte glaubhaft den Eindruck, als habe er den Gang der Dinge so nicht gewollt, als sei sein Lebensglück einer Sache zum Opfer gefallen, die er eigentlich so gut fand, nämlich der wahrhaftigen

Zuneigung zu Menschen, zu speziellen Wegbeglei-
tern.

Vor dem Restaurant verabschiedeten sie sich, denn
sie mussten in entgegengesetzte Richtungen gehen.
Sie umarmten einander etwas unbeholfen, obwohl
sie sich wirklich nicht mehr fremd fühlten. Lilly zog
ihren Mantel eng um die Schultern und ging los. Die
längst untergegangene Frühlingssonne hatte von
der leichten Wärme, die sie den Tag über ausge-
strahlt hatte, nichts zurückgelassen. Wenige Meter
weiter, unter dem Schein einer schnörkeligen Mes-
singlaterne, blieb sie noch einmal stehen und wandte sich um. Florentin war noch gar nicht losgelaufen,
sondern stand vor dem schwarzen Samtvorhang am
Eingang des Lokals und sah ihr nach.

„‚James‘, rief sie lächelnd, „du bist ‚James‘ von
Chuck Close.“

5

Reisetagebuch

Flughafen Paris, 2. April

Der Aufenthalt in Paris ist zu Ende. Meine Hoffnungen bezüglich Vater haben sich nicht erfüllt, das muss ich mir schmerzlich eingestehen. Alles Ringen um die eine Antwort, um Verständnis und Klarheit – vergebens. Aber ich werde nicht aufgeben! Ich darf nicht aufgeben.

Nun bin ich auf dem Weg nach Chicago. Zu Roberts Bild und all den Fragen, die mir seit unserer Trennung im Kopf umherschwirren, aber für die ich mir bisher keine Zeit genommen habe. Da war zunächst die Ohnmacht, nach Mathea und Vater auch noch Robert verloren zu haben.

Was bleibt? Wer bleibt mir denn?

Sofort nach dem ganzen organisatorischen Kram, dem Umzug, begann die Planung dieser Reise, gleichsam einer Flucht, ganz klar. Und die letzten Wochen habe ich gedanklich völlig Vater gewidmet, in einer schmerzhaften Intensität, die doch zu nichts geführt hat.

Und nun Robert.

Doch jetzt wird es anders sein, denn die Antwort ist ganz nah! Ich spüre schon jetzt, dass ich diesmal nicht mit leeren Händen heimkehren muss, dass ich Roberts Verschwinden aus meinem Leben verstehen werde. Ich habe sogar die Ahnung, dass ich nicht länger unglücklich sein muss ob dieser Trennung, ob dieses Verlustes, der vielleicht gar keiner war.

Ein einziges Gespräch mit Florentin, einem Kurator aus Hamburg, hat mir so unendlich viel über die Liebe beigebracht. Dabei waren es nicht die Dinge, die er gesagt hat, denn diese waren letztendlich austauschbar, ständig wiederkehrend in der Welt der Liebenden, Verzweifelten. Es ging nämlich um Treue, Ängste, vor allem aber um ehrliche, aufrichtige Gefühle.

Vielmehr war es die Intensität, die immense Kraft, die in seinen Worten lag, die ich in seinen Augen, in seiner Körperspannung gesehen habe. Es war so deutlich zu spüren, dass dieser Mann in der Lage ist zu lieben. Dass er sich bedingungslos anderen Menschen öffnen kann, sich auf sie einlassen, dass er sie verstehen und lieben möchte mit allen Konsequenzen. Dass man sich bei einem derartigen Ausmaß an Leidenschaft verletzlich macht, natürlich. Aber wie lebendig, wie durch und durch lebendig muss man sich fühlen, wenn man derart liebt!

Ich fürchte, dass ich es nie erlebt habe.

Noch nie in meinem ganzen Leben scheine ich in solcher Weise empfunden zu haben. Ist das vorstellbar? Ich wünsche es mir nun, denn wenn es wahr ist, was mag dann noch alles möglich sein? Wenn es wahr ist, dann war die Trennung von Robert jedenfalls unumgänglich.

An Vaters Schweigen verzweifle ich noch, Matheas Abtauchen werde ich womöglich nie verstehen, aber die Trennung von Robert sehe ich dank Florentin Kluge plötzlich in deutlich klarerem Licht. Vielleicht hätte es gar nicht anders kommen können. Vielleicht hat Robert den Weg freigemacht für eine neue Art zu lieben?

Doch man muss die Dinge zu Ende denken. Dazu brauche ich das Bildnis, es wird eine gedankliche Nähe zu Robert herstellen, aus der ich Antworten ziehen möchte. Möge es mir helfen, den Gang der Dinge unserer fünfjährigen Beziehung zu begreifen.

Robert, warum hat unsere Liebe nicht gehalten?

Teil II: Chicago

6

Schon als es an ihrer Türe klopfte, wusste Lilly, dass sie nicht gemeint war. Kurz darauf schlugen die Chaoten auch gegen die Tür ihres Nachbarzimmers, dann daneben und wiederum daneben, die Schritte und das Gegröle verhallten kurz, wurden wieder lauter, ein Klopfen und Hämmern nun an den gegenüberliegenden Zimmern, ein Wahnsinn.

Ein Wahnsinn, der nun bereits die vierte Nacht infolge andauerte. Lilly hatte das Treiben in der ersten Nacht noch belächelt, am zweiten Tag dann Ohrenstöpsel in der Drogerie gekauft, abends die Decke über den Kopf gezogen, es hatte nichts genützt. Der Lärm war nicht auszuhalten, und inzwischen war sie nur noch genervt und schrecklich übermüdet.

In Paris hatte sie in einem hübschen kleinen Hotel am Place des Vosges gewohnt, im lebendigen Marais mit seinen kleinen Bars, den Restaurants und ausgefallenen Boutiquen überall. Ihr Zimmer hatte einen winzigen Balkon mit einer Bank gehabt, von der aus man das Treiben in den Straßen beobachten konnte. Für ihren Aufenthalt in Amsterdam hatte sie ein kleines Hausboot gebucht, auf das sie sich freute, und in etwa einer Woche würde sie zu ihrem Onkel und ihrer Tante fahren, und den Rest der Amerika-Zeit in deren wunderschönem Herrenhaus am Michigan-See verbringen.

In Anbetracht all dessen hatte sie für die ersten

Tage in Chicago dieses günstige Zimmer einer eigentlich soliden Hotelkette reserviert, ein großer Fehler jedoch, wie sich jetzt herausgestellt hatte. Während der momentanen Springbreak-Ferien bot das Hotel nämlich den daheimgebliebenen Studenten Zimmer zu besonders günstigen Konditionen an, und es schien so, als seien große Teile von Lillys Flur von jungen Amerikanern bevölkert, die höchstens tagsüber mal schliefen und ansonsten tranken und feierten, ohne Rücksicht, ohne Pause.

So lag Lilly also nachts wach und ihre Gedanken kreisten, vom Lärm umnebelt, um alles Mögliche. Um den Grund ihrer Reise, um Robert und sein liebloses Verhalten, ihre gescheiterte Beziehung, all die gemeinsamen Pläne, die nun nie Wirklichkeit werden würden. Auch um Vater und ihre zwiespältigen Gefühle ihm gegenüber, mit denen sie immer noch rang, die sie wie ein klebriges Anhängsel mit in die Staaten genommen hatte. Sie dachte an ihre Mutter, die sicher viel zu oft am alten Hof vorbeifuhr, und natürlich immer wieder an Mathea. Manchmal kamen ihr Florentin in den Sinn und all das, was er über die Liebe gesagt hatte. Dann landete sie gedanklich wieder bei Robert, ihrem Misserfolg in Sachen Beziehung, und das Karussell drehte sich weiter und weiter. Dazwischen drang immer wieder das Gejohle von angetrunkenen Studenten.

Wie gerne würde sie schlafen.

Doch keine Ruhe.

Es klopfte wieder. Lilly sah auf die Uhr, halb zwei. Die Feiernden vor ihrer Türe stimmten ein Lied an, welches Lilly nicht kannte, wobei sie mehr schrien als sangen, und begannen, den Rhythmus mit ihren Fäusten gegen die Zimmertüre zu trommeln.

Es reichte.

Lilly war nun wirklich niemand, der leicht die Fassung verlor, aber diesen pubertären Unruhestiftern musste jetzt endlich jemand die Meinung sagen, fand sie. Mit einem Satz sprang sie aus dem Bett und riss energisch die Türe auf. Einer der drei jungen Männer, die vor ihrem Zimmer standen, fiel ihr dabei sofort entgegen, und sie musste all ihre Kraft aufbringen, um ihn zu stützen.

Auf den ersten Blick sahen sie alle drei gleich aus, waren unrasiert und trugen zu ihren Jeans dunkelrote T-Shirts und Kappen mit dem Logo ihrer Universität. Sie schwankten, hielten Bierdosen in der Hand und starrten Lilly verstummt an, offensichtlich völlig überrascht davon, nicht allein auf der Welt zu sein.

„Hört mal zu", nutzte Lilly den Moment der Stille, „ich will ja echt kein Spielverderber sein, aber ich habe dieses Hotelzimmer gebucht, um darin zu schlafen. Zu schlafen, versteht ihr? Ich bin vor vier Tagen aus Europa hier gelandet und wirklich müde. Würde es euch etwas ausmachen, in euren Zimmern weiter zu feiern?"

Die drei sahen einander an, als habe man ihnen eine wirklich komplexe Frage zur Relativitätstheorie gestellt. Lilly rollte mit den Augen. Der Typ, den sie immer noch stützte, fand als erster seine Sprache wieder und wandte sich an seine Freunde.

„Hört mal, Jungs, wir haben dieser europäischen Lady die Nacht versaut, das geht doch nicht. Wir sollten sie auf einen Drink einladen, meint ihr nicht auch?"

Die beiden anderen nickten zustimmend.

„Das sollten wir tun, ja.", lallte einer der beiden anderen, und „Ein herzliches Willkommen in Chicago" der Dritte.

„Das ist wirklich sehr nett von euch, aber mir wäre echt lieber, ihr würdet…"

„Nein, keine Widerrede, das müssen wir jetzt wirklich wieder gut machen, komm mit, bitte!"

Was soll es schon, dachte Lilly in diesem Moment, offenbar vor lauter Übernächtigung nicht ganz bei Sinnen. An Schlaf war hier ohnehin nicht zu denken, da konnte sie genauso gut auf einen Drink mitgehen. Sie lehnte den Taumelnden an den Türrahmen, griff nach ihrer Strickjacke, zog sie über ihr Top und ließ die Pyjamahose einfach an. Dann nahm sie ihre Zimmerkarte und folgte den Dreien flurabwärts, immer in Richtung des Lärms. Ihre drei Begleiter hatten den ganzen Weg lang entschuldigende Dinge gemurmelt und sich ihr auch vorgestellt, doch Lilly hatte die Namen bereits wieder vergessen.

Sie betraten ein Zimmer, das eine geöffnete Verbindungstür zum Nebenzimmer hatte. Obwohl es relativ dunkel war, war das Chaos nicht zu übersehen. Es waren noch viel mehr Leute da, als Lilly vermutet hatte. Ein Meer von bordeauxroten Shirts, die die Mädchen über dem Bauchnabel geknotet hatten. Es gab eine Art DJ-Pult auf einem umgestürzten Sessel und eine Bar im Badezimmer. Die Bierdosen und einige Flaschen schwammen in der Badewanne in offenbar nunmehr geschmolzenem Eis, ein Typ mischte am Waschbecken Wodka mit Energiedrinks. Auf dem Balkon drängten sich die Raucher, manche tanzten und sangen, es stank. Lilly fühlte sich an diese Highschool-Filme erinnert, die sie immer für übertrieben gehalten hatte.

Da stand sie nun inmitten dieser Feiernden auf einem Fußboden, der übersät war von Chips-Krümeln, ausgelaufenen Bierdosen, Asche und Müll. Sie kam sich völlig bescheuert vor.

Sie trug eine Pyjamahose und war mindestens zehn, fünfzehn Jahre älter als alle anderen hier. Sie war als einzige völlig nüchtern. Und sie kannte niemanden. Sie fiel in jeder Hinsicht auf, doch keinen schien es zu stören.

Plötzlich war der Typ wieder da, den sie eben erst in ihrer Zimmertüre stützen musste, und er bugsierte sie vor den Cocktailmischer.

„Das ist Lilly, mach ihr bitte einen Drink, Many."

Many sah kurz hoch, nickte und goss ein Wasserglas voll mit Wodka, bevor er einen winzigen Schuss aus einer undefinierbaren Dose hinzufügte. Lilly probierte einen Schluck, das Zeug schmeckte furchtbar, aber sie trank es schnell. Dann bat sie Many um einen weiteren Drink.

Neben dem improvisierten DJ-Pult war ein wenig Platz, ein Kissen lag auf dem Boden, und Lilly setzte sich hin. Die drei Jungs, mit denen sie gekommen war, waren derweil schon nicht mehr in Sichtweite, also blickte sie sich ein wenig um und begann schließlich ein Gespräch mit dem DJ über Plattencover. Lillys übervolles Bilder-Gedächtnis beinhaltete eine ganze Reihe von Albumcovern, die sie seit ihrer Jugend nicht mehr vergessen hatte. Schon so manche langweilige Party in ihrem Leben hatte sie mit dem Betrachten von CD-Hüllen verbracht. Der DJ zeigte sich von ihrem Wissensschatz beeindruckt.

Irgendwann gesellte sich Jen dazu, die ausführlich von ihrer verpatzen Kindheit in einem rauen Vorort und der geplanten Modelkarriere erzählte. Sie kaute Kaugummi und erfüllte jedes Klischee eines amerikanischen Teenies. Wieder dachte Lilly für einen kurzen Augenblick an Florentin, der es mit seiner besonderen Art verstand, sich enorm für andere Menschen zu interessieren. Das hatte sie sehr beeindruckt, also bemühte sie sich nun ihrerseits, Jen aufmerksam zuzuhören und an geeigneten Stellen Fragen zu stellen. Zwischendurch ging Lilly immer wieder zu Many ins Bad, um sich neue Getränke zu holen. Als dieser irgendwann auf der Badematte eingeschlafen war, schenkte sie sich eben selbst nach.

Ein Joint kreiste. Lilly probierte vorsichtig und fand immer mehr Gefallen an der absurden Situation, an ihrem kleinen Abenteuer auf dem siebten Hotelflur. Die Müdigkeit, der Jetlag, der Alkohol und das Zeug, das in den Zigaretten steckte, taten ihre Wirkung.

Sie vergaß zunehmend, warum sie hier war, dass sie sich so geärgert hatte über diese laute Party, dass sie eigentlich so müde war, so schrecklich müde. Die Gedanken, die sie noch über den Hotelflur mitgenommen hatte, verflüchtigten sich mehr und mehr. Vater, Robert.

Das Bild!

Morgen würde sie wieder zu dem Bild gehen… Morgen.

Roberts Bild.

Es verschwand aus ihrem Gedächtnis. Es flog einfach davon, ganz langsam, wie ein Lampion. Gerade war nur wichtig, was um sie herum passiert, ihre bordeauxroten neuen Freunde, Jens Pläne von einer besseren Zukunft, das war das Hier und Jetzt. Many war wieder wach geworden und reichte seine aktuelle Drink-Komposition herum, Schnaps gemischt mit Bier und Cola im Plastikbecher.

Auf die Zukunft, Jen, die rosige Zukunft!

Prost, DJ!

Sie philosophierte mit dem DJ über das Cover von Nirvanas ‚Nevermind'-Platte, und sie verloren sich in wüsten Interpretationen. Der Typ wollte wissen, ob das wohl rechtlich eine große Sache gewesen sei…

Hatte sie ihm erzählt, dass sie Anwältin ist? Sie erinnerte sich nicht genau…

Schließlich sei das Kind ja minderjährig und schutzbedürftig gewesen, sagte er, und dann auch noch völlig nackt und alles sei zu sehen…

Lilly versuchte, sich zu konzentrieren, aber es gelang ihr nicht.

Alles drehte sich.

Sie setzte trotzdem zu einer halbwegs plausiblen Antwort an, dachte sie, aber der DJ war schneller, fuhr herum und küsste sie.

Was passierte? Was tat sie hier?

Es machte Spaß. Sie knutschte mit dem DJ, dem zwanzigjährigen DJ. Sie im Schlafanzug, er in seiner roten, ungewaschenen Uniform. Die Musik verstummte. Keiner mehr da, der sich darum kümmerte. Die Menge johlte, beschwerte sich. Der DJ winkte ab, keine Zeit. Er küsste Lilly, Lilly aus Deutschland, die doch ganz andere Pläne hatte.

Sie musste jetzt auch gehen.

Wo war ihre Zimmerkarte?

Tschüß, Jen!

Noch ein Kuss für den DJ, ein letzter.

Jemand knuffte ihm in die Seite.

„Hey, DJ, auf alten Schiffen lernt man segeln, was?"

Gelächter.

Jemand stellte die Musik wieder an.

Bloß weg hier, bloß weg.

7

Als Lilly am nächsten Morgen spät erwachte, ging es ihr nur mittelmäßig. Ihr war etwas übel, ihr Mund war trocken und ihr Kopf schmerzte. Trotz alldem war sie nicht schlecht gelaunt. Sie fühlte sich eher aufgedreht und ein bisschen verwirrt wie nach einer Fahrt in der Achterbahn. Zuhause waren ihr derartige Eskapaden selten passiert, keine Abstürze, keine Peinlichkeiten, nicht einmal in früher Jugend. Sie war immer die Vernünftige gewesen, hatte auf Partys wenig getrunken, nie geraucht und sich stets gekümmert, dass alle gut und sicher nach Hause kamen. Allenfalls hatte sie ihre Freundinnen oder Mathea nach solchen Nächten getröstet, wenn diese verliebt, blamiert oder verkatert die Decke über den Kopf zogen.

Hier war es ihr egal. So weit weg von zuhause. Keinen dieser Studenten würde sie je wiedersehen, ein bisschen Knutschen mit dem jungen DJ, zu viel Alkohol, geschenkt. Eigentlich fand sie die Nacht im Rückblick sogar ganz lustig. Wenn diese Reise Veränderung und Horizonterweiterung in ihr Leben bringen sollte, dann war sie doch auf dem besten Weg, dachte sie mit einem innerlichen Grinsen.

Doch jetzt würde sie gehen.

Eine weitere Nacht in diesem Hotel wollte sie sich beim besten Willen nicht antun. Von Jen hatte sie erfahren, dass der Feier-Marathon noch einige Tage weitergehen sollte. Es war Lilly ein Rätsel, wie man das durchstehen konnte. Sie duschte ausgiebig und packte ihre Sachen zusammen. Zuletzt stopfte sie ihre Pyjamahose in den Trekking-Rucksack. Sie roch nach letzter Nacht, nach heimlichem, verbotenem Ausbruch in verrückte, alte Zeiten, die sie doch kaum gekannt hatte.

Vorsichtig streckte sie den Kopf aus ihrer Zimmertür und sah den Flur entlang. Alles war ruhig, die Türen geschlossen. Sicherlich hatten die jungen Körper für einen Moment kapituliert und ein kurzes Schlafpensum eingefordert, bevor es nach dem Aufwachen das nächste Dosenbier geben würde.

An der Rezeption angekommen, stellte Lilly ihren Rucksack ab und brachte dem Herrn hinter dem Empfangstresen ihr Anliegen vor. Er hatte verblüffende Ähnlichkeit mit Donald Duck, was Lilly ziemlich irritierte. Sie hatte als Kind jede Menge Comics verschlungen, und der Rezeptionist erinnerte sie ob seiner Körperhaltung, der Gesichtszüge und Bewegungen tatsächlich an die Ente. Leider schien er wenig einsichtig, was Lilly Auszug betraf.

Er sprach umständlich von einer nicht stornierbaren Reservierung, Lilly müsse die verbleibenden Nächte bezahlen, ob sie nun dabliebe oder nicht. Die Diskussion verschärfte sich zunehmend, und Donald Duck schnatterte immer eindringlicher auf Lilly ein, die bisher freundlich geblieben war. Doch so kam sie offenbar nicht weiter.

„Hören sie mal", sagte sie nun und ihre Stimme klang sofort nach Kanzlei, Mandanten, Gerichtssaal. Nach all den Dingen eben, die ihr keine Freude mehr bereiteten und die sie nur allzu gerne für eine Weile hinter sich gelassen hatte.

„Es ist wirklich unzumutbar. Wegen ihres Spezialangebotes, von dem ich im Vorfeld nichts wissen konnte, sind diese Studenten hier, die sich völlig rücksichtslos verhalten. Ein Lärm, ein Gestank auf den Fluren, schlimm. Ich habe ein Hotelzimmer gebucht, um darin zu schlafen, was aber leider nicht möglich ist. Ich bezahle widerspruchslos die Nächte, die ich hier verbracht habe, aber jetzt ist Schluss mit dem Theater. Ich werde mir ein anderes Hotel suchen und möchte die restlichen Nächte in Ihrem Haus gerne stornieren. Bitte sagen sie Ihrem Vorgesetzten, dass ich ihn sprechen möchte, und richten sie ihm aus, ich sei Anwältin. Notfalls muss ich sie verklagen, das behalte ich mir vor. Vielen Dank, Herr… Grindel", schloss sie mit einem raschen Blick auf sein Namensschild.

Beinahe hätte sie Duck gesagt.

Herr Grindel guckte grimmig und verschwand in ein Hinterzimmer. Lilly sah sich in der Halle um. Gerade verließen zwei Mädchen mit bordeauxroten Shirts das Hotel. Sie hatten große Reisetaschen dabei und machten keinen besonders frischen Eindruck. Lilly hatte sie am Vorabend nicht gesehen, trotzdem drehte sie sich reflexartig wieder um. Irgendwie war ihr das Abenteuer dann doch etwas unangenehm, zumal sie sich hier gerade als seriöse Anwältin aufspielte.

Als Herr Grindel zurückkam, war jedoch plötzlich alles kein Problem mehr. Er stellte Lilly die Rechnung über die verbrachten Nächte aus und stornierte die folgenden. Nach einem langen Räuspern kamen ihm sogar entschuldigende Worte für die entstandenen Unannehmlichkeiten über die Lippen. Nichts anderes hatte Lilly erwartet, so lief es eben nun mal. Überall.

„Gibt es eine Möglichkeit, mein Gepäck bis heute Abend bei Ihnen unterzustellen?", fragte sie abschließend.

Donald Duck ging voraus und führte sie zu einem Raum mit blechernen Schließfächern. In eines davon hievte Lilly ihren Rucksack, dann schloss sie ab und ging.

Das Museum war nur ein paar Blocks weit entfernt, also ging Lilly zu Fuß. Die frische Luft tat ihr gut, sie kaufte unterwegs einen Kaffee und ein Sandwich und fühlte sich immer besser. Heute war wohl der Tag gekommen, an dem sie über Robert nachdenken sollte. Sie war schon vorgestern im Art Institute gewesen, hatte das Bild auch gesehen, aber sich noch nicht damit beschäftigt. Sie schob es vor sich hin und wusste doch, dass es notwendig war.

So war sie eben.

Akribisch.

Sie wusste genau, dass es für sie enorm wichtig war, sie brauchte das.

Nachdenken, warum es nicht funktioniert hat.

Herausfinden, ob es abgeschlossen ist.

Natürlich hatte sie auch vor Robert Beziehungen gehabt, mal länger, mal kürzer. Doch da war sie noch sehr jung gewesen, und Beziehungen hatten zu der Zeit eher die Aufgabe, den Alltag zu verschönern, durch sie das Leben kennenzulernen und es zu bereichern. Deswegen waren die Trennungen zwar nicht weniger schmerzhaft gewesen, aber die gefühlten Auswirkungen auf den Rest des Lebens marginaler.

Mit Robert war alles anders. Sie hatten Pläne. Eine gemeinsame Zukunft. Oft hatten sie über ihre beruflichen Aussichten gesprochen, über einen Umzug, sogar über Kinder. Lilly hatte sich einem Heiratsantrag näher gewähnt als dem Beziehungsende. Es war doch eigentlich alles friedlich vor sich hin geplätschert, was hatte Robert nur zu dieser plötzlichen, unerwarteten Trennung bewogen?

Sie würde dem nachspüren, jetzt.

Lilly beobachtete eine Zeit lang das Treiben auf dem Museumsvorplatz, dann schmiss sie den leeren Kaffeebecher fort, ging hinein und löste an der Kasse ihr Ticket. Sie machte diesmal keine Umwege, kein Schlendern durch andere Abteilungen, sie sah sich nichts an, das sie wieder hätte ablenken können, sondern nahm den direkten Weg zu George Seurats „Ein Sonntagnachmittag auf der Insel La Grande Jatte" aus dem späten 19. Jahrhundert.

Was für ein sperriger Titel für ein Kunstwerk, dachte sie kurz.

Sperrig. Wie Robert.

Es war relativ voll in dem Saal, und die hölzerne Bank vor dem Bild war besetzt. Also stellte sich Lilly in angemessenem Abstand davor und sah genau hin. Das Bild war beeindruckend groß und in einen massiven, weißen Rahmen gefasst.

Die Erleuchtung kam, sobald sie nur einige Minuten hingesehen hatte.

Es überraschte Lilly sehr, dass es so schnell ging und sie mit einer derartigen Wucht überfiel. Wie hatte sie es nur all die Jahre übersehen können? Wie konnte es sein, dass ihr erst jetzt auffiel, was doch eigentlich so offensichtlich war? Sie bekam eine Gänsehaut und starrte eine Weile auf den Boden. Dann sah sie wieder hin.

Auf Seurats post-impressionistischem Bild war eine bunte Personenschar auf einer Wiese am Pariser Seine-Ufer an einem schönen Sommertag zu sehen. Vorne rechts ein Paar mit Hut, Zylinder und Sonnenschirm, an der Leine ein kleines Äffchen. Links drei Personen auf der Wiese sitzend, einer von ihnen Pfeife rauchend, dazwischen zwei spielende

Hunde, ein fliegender Schmetterling. Im Bildmittelgrund und dahinter weitere Personen, teilweise in der Sonne sitzend. Manche angeln, andere spazieren, Freundinnen sitzen beieinander, auch Kinder sind zu sehen. Auf dem glitzernden Fluss im linken Teil des Bildes erkannte man mehrere Segelboote, Dampfschiffe und ein Ruderboot.

Eigentlich eine schöne Szene. Alt und jung beieinander, verschiedene Gesellschaftsschichten vereint bei einem vergnüglichen Sonntagsausflug an einem sommerlichen Tag. Wäre da nicht diese nahezu statuenhafte Steifheit der Personen! Alle blicken sie starr geradeaus in die gleiche Richtung. Silhouettenartig nebeneinandergereiht lassen alle Menschen auf dem Bild jede Spontanität, jede Beweglichkeit und Kommunikation vermissen. Was fröhlich hätte wirken können, schien indes unbeweglich, kühl und steif.

Lilly erinnerte sich an ihre erste Begegnung mit Robert. Ihre Eltern waren für einige Tage zu Vaters Bruder in die Staaten geflogen, und Lilly hatte für diese Zeit den Hund zu sich genommen. Als sie einmal mit ihm spazieren ging, traf sie auf Robert, auch in einem Park, auch bei Sonnenschein, sogar ein See war nicht weit. Er hatte sie unter irgendeinem Vorwand, den sie erstaunlicher Weise nicht erinnerte, angesprochen, sie waren ein Stück des Weges gemeinsam gegangen und hatten eine weitere Verabredung getroffen. Lilly hatte all die Jahre angenommen, diese Begegnung im Park sei der

Grund für die Kombination von Robert und Seurats Ölgemälde, die in ihrem Gedächtnis bestand seit diesem Tag. Doch so war es nicht!

Robert war in den Anfängen ihrer Beziehung noch relativ vielseitig interessiert gewesen. Er hatte Sport gemacht und seine Freunde getroffen, war zweimal mit Lilly nach Südafrika gereist, um ihr sein Lieblingsland zu zeigen. Sie hatten oft gemeinsam gekocht, getanzt, gelacht.

Doch dann war er immer mehr in seinen Akten versunken und hatte sich zu einem Paradeanwalt entwickelt, wie er im Buche steht. Er arbeitete von morgens bis abends, für nichts anderes war mehr Zeit. Ihre gemeinsamen Urlaube verbrachten sie seitdem nur noch in der Ferienwohnung seiner Großeltern auf Usedom. Natürlich mitsamt einem Aktenberg und immer auf dem Sprung, sollte ein dringender Fall zur vorzeitigen Abreise mahnen.

Nein, nein, es war nicht die Parkszene, es hatte mit ihrem Kennenlernen gar nichts zu tun. Lilly erkannte plötzlich, warum sie Robert immer mit diesem Gemälde in Verbindung gebracht hatte. Er vereinte in sich genau die Eigenschaften, die dieses Bild so klar darstellte: Langeweile, Starrheit, Kühle. Auch wenn er sich erst in den letzten Jahren zunehmend dahin entwickelt hatte, so waren diese Charakterzüge schon immer in ihm angelegt gewesen. Lilly dachte an ihren Lieblingsmandanten, der ihr oft gesagt hatte, dass sich die Menschen niemals ändern, sondern man sie allenfalls besser kennenlernen kann. Lilly hatte schon häufig in ihrem Umfeld bemerkt, dass sich einmal bei Menschen angelegte Eigenschaften mit zunehmendem Alter stärker ausprägen. Robert war im Laufe der Zeit einfach einseitiger geworden und damit unbeweglicher und weniger interessant. Immer nur die Rechtswissenschaft, sie stand an erster Stelle und über allem.

Eigentlich hatte Lilly das Bild immer gemocht. Der Stil des Pointilismus faszinierte sie, die endlos vielen kleinen Punkte, aus denen dieses Werk bestand, die erst zusammengenommen das große Ganze ergaben. Doch jetzt musste sie erkennen, dass das Kunstwerk nichts anderes darstellte als das unterkühlte Freizeitvergnügen im 19. Jahrhundert. Roberts Freizeit, wenn man sie so nennen durfte, bestand im Wesentlichen aus Dinner-Partys mit Kollegen oder Mandanten. Natürlich im dunklen Anzug, ohne Spaß, emotionslos, ohne Intensität. Wenn Lilly ihn begleitet hatte, war es für sie immer ziemlich furchtbar gewesen.

Seurat hatte mit seinem Bild ein Mosaik der Langeweile geschaffen, so musste man es sehen. Und auch Robert war in den für ihn so bedeutenden gesellschaftlichen Konventionen und in seiner spießigen Strebsamkeit nach Karriere, Anerkennung, Recht und Ordnung so gefangen wie jeder einzelne auf diesem Bild.

Lilly registrierte aus dem Augenwinkel, dass nun Platz auf der Holzbank war, also setzte sie sich mit einem tiefen Ausatmen. War sie wohl auch so? Sicherlich hatten sie und Robert einige Gemeinsamkeiten. Die Genauigkeit, mit der sie ihr Leben angingen, die akribische Arbeitsweise, die Ordnung in allen Dingen. Aber diese Verbissenheit, das Glorifizieren des Rechtes und vor allem dieses ausschließliche, das nichts anderes im Leben mehr zuließ, das war ihr nicht nur fremd, sondern zuwider.

Lilly verbrachte den Rest des Tages damit, durch die Stadt zu spazieren. Sie fand einen Park, saß in der Sonne, aß eine Kleinigkeit in einem Steakhouse. Sie sah in Schaufenster und betrachtete eine Weile die Schiffe auf dem Chicago River. Immer wieder fielen ihr Erlebnisse aus ihrer Vergangenheit mit Robert ein, an die sie sich nun erinnern konnte, ohne traurig zu werden.

Sie war einerseits sehr erleichtert, dass sie erkannt hatte, dass ein Leben an Roberts Seite für sie nicht das Richtige gewesen wäre. Sie war bestimmt eine gute Anwältin, aber mit ihrem schwindenden Interesse an der Materie, ihren Zweifeln und dem Unverständnis für so viele Fälle würde sie Robert nie die Frau sein können, die er suchte.

Andererseits war sie verwirrt, nachdenklich, sogar etwas erschrocken darüber, wie viel Zeit sie mit dem falschen, unpassenden Partner verbracht hatte. Aber so war das in der Liebe wohl. In der Liebe und auch in so vielen Lebenssituationen. Für manche Erkenntnisse, das zeigte doch ein Blick in jedes Geschichtsbuch, in jede Biographie, brauchte man eben etwas länger.

Als Robert sie verlassen hatte, hatte er in erster Linie Lillys nachlassende Begeisterung für ihre Arbeit als Grund genannt. Ob er sie denn nicht mehr liebe, hatte Lilly ihn gefragt. Nein, er bräuchte einen Partner, der ihm ähnlicher sei, der seine Leidenschaft teile. Zum Glück war Lilly ungeeignet, dachte sie jetzt, während sie durch die frühsommerliche Luft Chicagos ging. Sie hatte Robert nach der Trennung nicht als den Menschen vermisst, der er war, sondern die Tatsache, überhaupt jemanden an ihrer Seite zu haben, die Perspektive mit ihm. Das sah sie jetzt ein. Und mit dieser Einsicht ging es ihr verblüffend gut.

Als sie ins Hotel zurückkehrte, fühlte sich Lilly wirklich erleichtert. Es war, als hätte sie eines der drei schweren Bündel, die sie mit sich herumtrug, abwerfen können. Was ihr mit Vater nicht gelungen war, das hatte sie nun mit Robert geschafft, mit ihrer eigenen Akribie, die seltsam anmuten mochte, aber so heilsam für sie war. Er war nun nichts anderes mehr als ein erinnerungsschweres Kapitel in ihrem Leben, von dem sie froh war, ja wirklich froh war, dass es vorüber war. Sie war jetzt frei, ganz frei. Und vielleicht hatte sie die große Liebe ja noch vor sich, was für eine beschwingende Aussicht. Eine Liebe, wie sie sie bislang noch gar nicht erlebt hatte. So eine, von der Florentin gesprochen hatte, oder vielleicht so wie die zwischen ihren Eltern, bis zum Tod, oder die zwischen Mathea und Maximilian?

Sie betrat die Eingangshalle gleichzeitig mit Jen, die aus der anderen Richtung gekommen sein musste. Sie trug diesmal einen Minirock und ein Glitzertop und hatte die Haare zu einem mächtigen Nest toupiert.

„Oh, Lilly, wie gut, dass du da bist!", rief sie aufgebracht.

„Jen, ist alles okay?"

Sie setzten sich auf eines der Sofas in der Hotellobby und Jen berichtete von ihrem Tag. Sie war nach Hause gefahren, um Wäsche zu wechseln und hatte mit ihrer alleinerziehenden, offenbar selten nüchternen Mutter gestritten. Eine Mutter, die keine richtige Mutter war. Überfordert, desinteressiert, egoistisch. Die ihr das College niemals hätte ermöglichen können, hätte Jen nicht ein Stipendium ob ihrer herausragenden Leistungen nach Ende der Highschool erhalten.

Jen weinte ein bisschen über die Ungerechtigkeiten der Mutter und das schwierige Leben im Allgemeinen, und Lilly tröstete sie mit lieben Worten. Schließlich stand Jen auf, richtete ihr Makeup und verabschiedete sich.

„Ich muss wieder nach oben, heute ist Samba-Cocktail-Nacht. Kommst du mit?"

„Ich, nein…", antwortete Lilly, „ich bin nur hier um meine Sachen zu holen, ich reise weiter."

„Wie schade, es war so nett, mit dir zu reden. Du

kannst wirklich toll zuhören. Danke. Willst du denn Tommy gar nicht Tschüss sagen?"

„Tommy…?"

„Der DJ. Gestern sah es so aus, als würdest du ihn mögen.", Jen grinste.

„Oh, nein", lächelte Lilly, „sag ihm liebe Grüße und habt noch eine schöne Zeit! Es war ein lustiger Abend mit euch allen, aber jetzt muss ich weiter."

Sie nahm Jen in den Arm und sah ihr nach, als sie zum Aufzug stöckelte. Dann drehte sie sich um, ging zu Rezeption und bat die junge Frau, die statt Donald Duck nun hinter dem Tresen stand, ihre Sachen aus dem Schließfach holen zu dürfen. Die Dame begleitete sie zu dem Raum, und Lilly ging hinein. Noch bevor sie den kleinen Schlüssel in das Schloss ihres Spindes stecken konnte, sah sie, dass dieser aufgebrochen war.

Er war leer.

8

Lilly hatte für ihre Verhältnisse einen erstaunlichen Wutanfall bekommen. Der Grund für ihren Unmut war allerdings weniger die Tatsache, dass ihr Trekking-Rucksack weg war, obgleich dies ärgerlich genug war. Mit einem schnellen Blick in ihre Handtasche hatte sie aber festgestellt, dass alles Wichtige noch bei ihr war.

Pass, Kreditkarten, das Geld, die übrigen Papiere inklusive Flugticket, Handy, das kleine Reisetagebüchlein – alles war noch da.

Es war vielmehr ihr Unverständnis darüber, dass so etwas in einem halbwegs vernünftigen Hotel tatsächlich passieren konnte. Zudem ausgerechnet in dem Hotel, das ihr ohnehin seit Tagen nur Ärger bereitet hatte.

Die junge Rezeptionistin war völlig überfordert und den Tränen nahe. Sie suchte ihren Vorgesetzten, dieser rief weitere Mitarbeiter herbei, Donald Duck, der längst Feierabend hatte, wurde angerufen, jeder befragt. Keiner hatte etwas gesehen, gehört oder irgendetwas Auffälliges bemerkt. Neben Lillys Rucksack fehlten außerdem ein paar Kleinigkeiten vom Hotel sowie der Koffer eines anderen Gastes. Dieser wurde telefonisch verständigt und war, nachdem er herbeigeeilt war, ebenfalls sehr aufgebracht.

Der vermeintliche Dieb hatte den Raum verwüstet und die Spinde aufgebrochen, unklar blieb, wie er überhaupt hineingelangen konnte, denn das Türschloss war unversehrt. Ein Rätsel, das nun die Polizei zu klären hatte. Der herbeigerufene Beamte nahm alles zu Protokoll, es wurden unzählige Dokumente ausgefüllt, Fragen gestellt, Fingerabdrücke gesichert. Es war ein insgesamt furchtbar langwieriges Prozedere ohne große Aussicht auf Klärung des Falles. Lilly, die sich mit solchen Verfahren auskannte, wurde immer ungeduldiger.

Mitten in dem Durcheinander klingelte plötzlich ihr Handy. Ihre Mutter rief an und erzählte ein paar belanglose Neuigkeiten von zuhause. Lilly entfernte sich ein paar Meter von der Gruppe, die um den Polizisten herumstand, und hörte ihrer Mutter zu, die berichtete, Mathea habe sich gemeldet. Ja, gab Lilly zurück, auch sie habe kürzlich eine Kurznachricht von ihrer Schwester mitsamt einem Foto erhalten, dass sie mit gewachsenem Babybauch am Elbeufer zeigte. Immerhin, ein Lebenszeichen.

Schließlich fragte ihre Mutter: „Und wie ist es bei dir? Gefällt es dir in Chicago?"

„Es ist alles in Ordnung, Mama. Ich war heute im Museum und hatte einen schönen Tag."

Davon, dass sie just bestohlen worden war und nun gänzlich ohne Garderobe, Kosmetik und persönliche Dinge dastand, erwähnte sie kein Wort. Es würde die Mutter nur unnötig aufregen, sie würde sich Sorgen machen, das wollte Lilly nicht. Schließlich beendeten sie das Telefonat und Lilly versprach, sich wieder zu melden, wenn sie in wenigen Tagen bei den Verwandten wäre. Dann ging sie zurück zu der Gruppe, die sich endlich aufzulösen schien.

Das Hotelpersonal zeigte sich ziemlich hilflos im Umgang mit der für alle Beteiligten unschönen Situation. Lilly bekam mit, dass offenbar diskutiert wurde, ob den Geschädigten eine kostenlose Nacht im Hotel zugedacht werden sollte. Doch weder der Herr ohne Koffer, dessen Flug bald gehen würde, noch sie selbst hatten daran Interesse. Schlussendlich bekam sie von der unbeholfenen, jungen Rezeptionistin mit einem Schulterzucken einen kleinen Kulturbeutel in die Hand gedrückt, der das Hotellogo trug und eine Zahnbürste, Duschgel und Seife in Miniaturformat enthielt.

Lilly stopfte das Bündel in ihre Handtasche, ging zur Drehtür und trat hinaus in einen inzwischen dunklen Abend. Eigentlich wollte sie einen Taxifahrer bitten, sie zu einem anderen Hotel zu bringen, aber weil es noch so warm war, beschloss sie, zunächst ein paar Schritte zu gehen. Der Tag war so ereignisreich gewesen, dass sie vermutlich ohnehin nicht hätte schlafen können.

Einige Straßen weiter wurde sie auf eine hell erleuchtete, zeitgenössische Galerie aufmerksam, in der ganz offensichtlich eine Vernissage stattfand. Kurz entschlossen trat sie ein und begann, sich die wirklich interessante und geschmackvolle Bilderauswahl anzusehen. Eine Assistentin drückte ihr eine Preisliste der Kunstwerke und ein Glas Wein in die Hand.

Im hinteren Bereich der Galerieräume, in dem einige Druckgraphiken hingen, entdeckte Lilly ein Exemplar von „James", ein Siebdruck nach dem monumentalen Gemälde von Chuck Close. Es war das Bild, das sie in Paris so spontan Florentin zugeordnet hatte. Florentin, dem fremden und doch so seltsam vertrauten Kurator, der tatsächlich Ähnlichkeit mit dem dargestellten James hatte, wenn auch nur ein wenig. Lilly empfand sogleich ein angeregtes, beglückendes Gefühl über den Anblick des Bildes. Sie wartete ab, bis sich das Gedränge etwas gelichtet hatte, dann sah sie es sich genau an. Sie fürchtete für einen kurzen Moment wieder eine Enttäuschung, so wie es ihr mit dem Robert-Gemälde ergangen war. Doch diesmal befand Lilly zu ihrer Zufriedenheit, dass das Bild in jeder Hinsicht ganz wunderbar zu ihrem neuen Bekannten passte.

Chuck Close hatte das riesige Bild, das nur das frontale Portrait des Mannes zeigte, aus winzigen geometrischen Formen zusammengesetzt. Ging man nahe heran, was Lilly nun wiederholt tat, sah man nichts als winzige, bunte Pixel verschiedenster Farben und Formen, die erst beim Betrachten aus der Distanz das Portrait erkennen ließen. Es war ähnlich faszinierend wie Seurats Pointillismus, den sie erst wenige Stunden zuvor im Museum bewundert hatte. Kaum zu glauben, es kam Lilly vor, als wäre das schon wesentlich länger her. Doch während sie vor Roberts Bild noch so enttäuscht war über ihre Blindheit, über ihr falsches Einschätzen der Situation, so war sie hier nun sicher, dass „James" wirklich viel von Florentin in sich barg.

Obwohl sie den Kurator kaum kannte, zudem nicht halb so gut wie Robert, so war doch das wenige, das sie über ihn wusste, in diesem Kunstwerk zusammengefasst. Wie dieses Bild schien auch der vielschichtige, wechselhafte Kurator aus mannigfaltigen Elementen zusammengesetzt, die an sich so verschieden waren, und doch ein schlüssiges Bild ergaben. Der coole Surfer, der besonnene Fachmann für Alte Meister. Der empfindsame Liebende, der doch mehr von der Liebe wollte, als er haben konnte. Der Betrüger, der andere enttäuschte, obwohl ihm doch nichts ferner lag.

Lilly betrachtete das Werk so lange und ausgiebig, dass sich irgendwann der Galerist zu ihr gesellte, sich ihr vorstellte und ihr ein zweites Glas Wein in die Hand drückte.

„Es ist, als schaute er dem Betrachter direkt in die Augen, nicht wahr? Haben sie auch das Gefühl, als könnte er Ihnen in die Seele blicken?", fragte er.

„Ja, da haben Sie recht", erwiderte Lilly, die allerdings nicht das Bild meinte, sondern von Florentin sprach. „Er erscheint wirklich sehr tiefgründig, irgendwie angstfrei und auch sehr teilnahmsvoll. Die Umwelt, sein Umfeld, sein Gegenüber... alles interessiert ihn offenbar."

Der Galerist verschränkte die Arme und neigte den Kopf ein wenig zur Seite.

„Und gleichzeitig sieht er konfrontativ aus, als ginge er keinem Konflikt aus dem Weg, sondern den Dingen auf den Grund. Er scheint so... zusammenhängend, so eins, obwohl er aus diesen Pixeln besteht."

„Bestehen nicht alle Menschen aus vielen unterschiedlichen Einzelheiten, die dann ein mehr oder weniger schlüssiges Gesamtbild ergeben?", sinnierte Lilly vor sich hin.

„Doch, aber wissen Sie, was diesen jungen Mann so besonders macht? Sehen Sie genau hin, wenn man nahe herangeht, sieht man gar keinen Unterschied zwischen dem Portrait und dem umgebenden Hintergrund. Das hat der Künstler geschickt gemacht, er gibt dem Hintergrund die gleiche Wertigkeit wie dem Gesicht. Das ist es, was das äußere Umfeld so einbezieht, das Grenzenlose, das Offene. Gesicht und Umfeld verschmelzen quasi, das eine kann ohne das andere nicht existieren. In einer Welt, in der jeder auf seinen eigenen Vorteil aus ist, egoistisch und ignorant, scheint das doch sehr besonders. Ein guter Typ mit klarem Blick und Offenheit und Interesse für das, was ihn umgibt."

„Ja!", entfuhr es Lilly deutlich. Und beinahe hätte sie hinzugefügt, dass es genau das war, was sie an Florentin begeistert und dazu bewogen hatte, ihn mit diesem Bild in Verbindung zu setzen.

Stattdessen plauderte sie noch eine Weile mit dem Galeristen und kaufte schließlich einen Katalog, der „James" auf der Titelseite zeigte und interessante Interpretationen enthielt. Beim Abschied drückte der Kunstexperte ihr noch seine Visitenkarte in die Hand, und Lilly dankte ihm für das inspirierende Gespräch und den Wein.

Nach einem letzten Blick auf das Florentin-Bild, das eine beschwingende Sogwirkung auf sie ausübte, trat sie lächelnd aus der Galerie hinaus. Sie war plötzlich in einer Stimmung, in der sie am liebsten über die Straße getanzt wäre. Florentin hatte ihr in Paris die Augen ein Stück weit geöffnet über das, was in der Liebe möglich war. Dass sie ihm ausgerechnet heute, da sie mit Robert abgeschlossen hatte, auf diese Weise wiederbegegnete, war ein schöner Zufall, es machte die Episode vollständig.

Alles war so leicht.

Aufregend.

Ungewiss.

Ein anonymes Hotelzimmer war jetzt das letzte, was sie gebrauchen konnte. Dazu war sie viel zu aufgedreht. Entschlossenen Schrittes ging sie zum Hotel zurück. Sie achtete darauf, dass die Mitarbeiter an der Rezeption sie nicht sahen, und kam sich dabei ziemlich albern vor. Da der Aufzug nur mit einer gültigen Zimmerkarte funktionierte, betrat sie das Treppenhaus und stieg die sieben Stockwerke hinauf. Oben angekommen drang ihr schon der bekannte Partylärm entgegen. Jen stand auf dem Flur vor dem Zimmer und unterhielt sich mit zwei Jungs.

Lilly lächelte, zwinkerte ihr zu und sagte: „Da bin ich wieder. Sagtest du Samba-Nacht?"

9

Reisetagebuch

Chicago, 12. April

Was für eine Reise! Was für unerwartete, unschöne und traurige, bereichernde, aufreibende und wunderbare Erlebnisse gleichermaßen!

Innerhalb weniger Tage habe ich eine langjährige Beziehung verwunden. Ein trauriger Abschied und eine glückliche Einsicht. Ich habe mich über eine wild feiernde Gruppe junger Studenten erst fürchterlich geärgert, dann mit ihnen die Nacht zum Tag gemacht. Gefeiert, als sei ich selbst zwanzig, gekifft, fiese Drinks getrunken, sogar mit dem DJ geknutscht. Ich habe mich bestehlen lassen und zwei Tage ohne Duschen und Umziehen verbracht. Was macht es Spaß, auch mal unvernünftig zu sein!

Die beste Nachricht ist, dass ich mit Robert, unserer gemeinsamen Vergangenheit und unseren Zukunftsplänen endgültig abgeschlossen habe. Ich hatte es ja bereits geahnt und war auch zuvor nicht wirklich unglücklich, doch welch schönes Gefühl ist es für mich, die Episode nun wirklich beendet und verarbeitet zu haben. Auch die Tatsache, dass es das Bild war, das mir dabei geholfen hat, macht mich froh. So hat meine ungewöhnliche Liebe zur Kunst doch ihr Gutes, Nützliches, Hilfreiches, Heilendes. Genau so, wie ich es immer schon empfunden habe, was für ein Geschenk!

Jetzt fühle ich mich frei, so frei wie nie zuvor. Frei für eine Zukunft ohne Pläne, ohne Zwänge. Für ein neues Zuhause, für eine neue Liebe. Hätte ich den Job nicht, könnte ich sogar irgendwo auf der Welt völlig neu anfangen. Doch würde ich das wollen?

Als habe man mir das Gefühl der Freiheit nochmal bestätigen müssen, hat man mir vor einigen Tagen den Rucksack mit allen persönlichen Dingen gestohlen. Nach meinem gründlichen Ausmisten beim Auszug aus der Wohnung besitze ich nun auch faktisch nahezu nichts mehr, was mich an mein altes Leben erinnern könnte. Die nötigsten Dinge habe ich inzwischen eingekauft, eine bizarre Sache, so ganz bei null anzufangen. Es ist ein wirkliches merkwürdiges Gefühl, nahezu nichts mehr zu besitzen. Frei zwar, aber auch irgendwie sehr schutzlos.

Mutter habe ich nichts von dem Diebstahl erzählt, was mich im Nachhinein sehr nachdenklich gemacht hat. In dem Moment ihres Anrufes (und auch jetzt noch!) war und bin ich der Meinung, dass es ihr nur unnötige Sorgen bereitet hätte. Sie hätte ohnehin nicht helfen können, wieso sollte ich sie also beunruhigen?

Hat womöglich auch Vater so gedacht?

Sind wir Menschen so, dass wir unsere Lieben vor Kummer und Leid bewahren, vor Sorgen schützen, wenn wir es können? Sind wir wirklich so selbstlos? Und brauchen wir so wenig Trost und Unterstützung? Ich denke darüber nach, finde aber den Vergleich nicht eindeutig genug. Ein geklauter Koffer ist eben keine unheilbare Krankheit.

Nun geht es also weiter. Zu Onkel Bernhard und Tante

Elizabeth. Seit der Beerdigung habe ich Vaters Bruder und seine Familie nicht gesehen, und ich freue mich auf ein Treffen unter diesmal schöneren Umständen. Gespannt sehe ich Bernhards Sicht der Dinge entgegen. Wie mag er es verarbeitet haben, dass sein Bruder geschwiegen hat?

10

Bernhard Schulze-Blum lebte schon seit vielen Jahrzehnten in den Staaten. Er hatte seine amerikanische Frau Elizabeth als Jugendlicher auf einer Reise durch Illinois kennengelernt und war schließlich dort geblieben. Sie wohnten gemeinsam am Ufer des Michigan Sees in einem riesigen Haus mit einer wunderschönen Veranda. Es gehörte zu einer kleinen Gemeinde, deren Pfarrer Bernhard war. Ihre vier Kinder waren längst erwachsen und aus dem Haus. Zwei von ihnen lebten in anderen amerikanischen Staaten, ein Sohn in Madrid. Nur Caroline, die jüngste Tochter, wohnte in der Nähe. Lilly hatte ihre Cousine schon lange nicht mehr getroffen und freute sich sehr auf das Wiedersehen, während sie mit einem Überlandbus das große Chicago hinter sich ließ und zusah, wie die Gegend immer ländlicher wurde.

Sie musste einmal umsteigen und erreichte das Dorf schließlich mit einer kleinen Bahn. Ihre Tante stand am Bahnhof und winkte ihr zu. Für Lilly, die immerhin schon mehr als vier Wochen alleine unterwegs war, bedeutete es viel, auf eine vertraute Person zu treffen. Sie umarmten sich herzlich.

Im Herrenhaus angekommen, warteten auf Lilly ein liebevoll hergerichtetes Gästezimmer und ein selbst gebackener Kuchen. Sie überreichte ihrer Tante einen Bildband aus dem Museumsshop in Chicago, den sie am Vortag bei ihrem letzten Besuch dort erworben hatte. Die deutschen Bücher, die sie eigentlich als Gastgeschenk vorgesehen hatte, waren nun in den Händen des Rucksackdiebes, der sicherlich wenig damit anzufangen wusste. Ihre Tante freute sich dennoch über das Mitbringsel und hörte bei Tee und Kuchen interessiert Lillys Erlebnissen zu.

Etwas später kam der Onkel aus der Kirche heim und begrüßte seine Nichte ebenfalls voller Herzlichkeit. Noch eine Stunde später betrat Caroline das Haus. Sie würde zum Abendessen bleiben, und Lilly war mehr als glücklich über den schönen Empfang, den ihr die Familie bereitete. Elizabeth trug ein üppiges Abendessen auf und jeder berichtete, was in der letzten Zeit passiert war. Lilly erzählte ein paar Anekdoten aus der Kanzlei und sprach dann erleichtert über ihre Trennung von Robert und den Neuanfang, den sie sich von ihrer Reise erhoffte.

Bernhard und Elizabeth schilderten ihre Erlebnisse einer kürzlich absolvierten Kanada-Rundreise, die sie sehr beeindruckt hatte. Caroline beantwortete geduldig Lillys Fragen zu den drei Geschwistern und ließ alle an ihrem bisweilen sehr amüsanten Leben als Leiterin einer Kinderbibliothek teilhaben.

„Wie geht es denn deiner Mutter und Mathea", wollte Caroline schließlich wissen, nachdem sie ein köstliches Rinderfilet gegessen hatten. Lilly war sofort klar, dass diese Frage ihre ausgelassene Stimmung kippen würde. Auch sie selbst spürte sofort ein ungutes Gefühl im Magen, vor allem bei dem Gedanken an Mathea. Aber es war nur selbstverständlich, dass sich die Verwandten nach dem Befinden erkundigten.

„Mutter frisst ihren Kummer still in sich hinein", antwortete Lilly, während sie die Stoffserviette neben ihrem Teller ablegte. „Sie leidet natürlich unter Vaters Tod, aber auch sehr unter dem Abschied vom Haus, vom Hof, von ihrem ganzen alten Leben. Sie war vorher so…", sie suchte nach dem passenden Wort, „gebraucht. Ja, jeder auf dem Hof und um ihn herum brauchte sie in irgendeiner Form, das ist jetzt vorbei. Aber sie redet nicht viel darüber, sie ist zäh und pragmatisch, ihr kennt sie ja. Sie kommt zurecht, auch wenn ich das Gefühl habe, dass sie oft unglücklich ist."

„Ich habe neulich mit ihr telefoniert", warf der Onkel ein. „Sie klang wirklich traurig und gefasst zugleich. Ich habe ihr geraten, sehr auf sich zu achten. Sie soll sich eine möglichst schöne Zeit machen, Freunde besuchen, vielleicht eine Reise zu uns unternehmen. Ich habe sie eingeladen, aber ich vermute, sie ist jetzt noch nicht so weit."

„Da hast du sicher recht, sie will niemanden belasten und nimmt ungern Hilfe an. Sie ist lieber selbst für andere da, das kann sie besser. Hoffentlich stabilisiert sie sich noch etwas mit der Zeit", stimmte Lilly zu und dachte etwas wehmütig an ihre schrumpfende Mutter.

„Und Mathea, wie bekommt ihr die Schwangerschaft?" wollte Caroline wissen.

„Ganz ehrlich? Ich weiß es nicht genau, aber sie hat kürzlich ein Foto geschickt, darauf sieht sie glücklich aus."

Lilly nahm ihr Telefon zur Hand und zeigte Matheas Foto in die Runde.

„Wie nett", sagte Caroline, „wo ist sie da genau?"

„Am Ufer der Elbe, glaube ich, auch das weiß ich leider nicht genau."

Lilly registrierte die fragenden Blicke ihrer Familie, die sie untereinander austauschen. Jeder am Tisch wusste um das besonders enge Verhältnis, das die Schwestern immer gehabt hatten, und jetzt wunderten sich alle über Lillys zögerliche Antworten.

„Euer Kontakt ist... nicht mehr so eng?", fragte ihre Tante, sichtlich erstaunt.

„Nein... Also, nicht mehr so ganz...", Lilly seufzte tief und vermied es, irgendwem in die Augen zu sehen.

„Was ist denn passiert?", wollte Caroline verwundert wissen. Sie war unruhig auf die Vorderkante ihres Stuhles gerutscht. „Ihr seid doch immer so beneidenswert unzertrennlich gewesen?"

„Ja, ich weiß." Lilly hob den Kopf und sah ratlos in die Runde. „Und genau das ist das Problem, dass nämlich gar nichts passiert ist. Überhaupt nichts. Wir haben nicht gestritten oder so. Aber seitdem sie mit Maximilian zusammen ist, also seit etwa zwei Jahren, hat sie sich immer mehr von uns zurückgezogen. Wir haben keine Ahnung, warum. Mutter hört auch nur noch selten von ihr, wir sehen sie kaum, sie ist irgendwie so… abwesend, abweisend."

„Sie ist verliebt…", warf Elizabeth ein.

„Aber Mama!", unterbrach Caroline sie. „Nur weil man verliebt ist, kann man doch den Kontakt zur Familie nicht aufgeben. Und nach zwei Jahren ist das Verliebt-sein doch normalerweise auch schon etwas abgeebbt, oder?"

Sie sah fragend von einem zum anderen. Lilly nickte zögerlich und zuckte gleichzeitig mit den Schultern. Die Tante streichelte ihr sanft über den Arm.

„Das wird wieder, ganz bestimmt.", sagte sie, bevor sie in die Küche verschwand, um den Nachtisch zu holen. Ein ratloses Schweigen erfüllte den Raum. Als Elizabeth zurück war, holte Lilly Luft.

„Das Problem ist, dass Mutter und ich Maximilian irgendwie die Schuld an allem geben. Wir mögen ihn nicht besonders, weil er sie uns weggenommen hat. Das ist sicherlich nicht fair, weil er vermutlich ein netter Mensch ist. Doch daher sind die Fronten jetzt ziemlich verhärtet, ein blöder Teufelskreis, in dem wir da stecken. Wir entfernen uns immer weiter voneinander, das ist so schade."

Sie nahm einen Löffel Pudding und sah jetzt nachdenklich in die mitleidsvollen Gesichter ihrer Familie. Es tat doch irgendwie überraschend gut, darüber zu sprechen, obwohl es gleichzeitig schmerzte. Mutter und sie hatten das Problem schon so oft thematisiert, ohne dass neue Erkenntnisse dazu gekommen waren. Und Robert hatte ihr in der ganzen Angelegenheit immer nur sehr halbherzig zugehört.

„Habt ihr sie denn mal darauf angesprochen?", wollte Onkel Bernhard schließlich wissen, der sich bislang zurückgehalten hatte. „Vielleicht ist ihr selbst gar nicht so bewusst, dass sie euch vernachlässigt?"

„Ja, genauso ist es. Ich habe mehrfach mit ihr gesprochen, aber sie sieht kein Problem. Sie sagt, es sei alles wie immer, kein Grund zur Sorge. Wenn wir sie sehen, was wirklich selten geworden ist, dann ist da eine Distanz, die sie nicht zu bemerken scheint. Auch Vaters Tod hat uns nicht wieder zueinander geführt, ist das nicht seltsam? Sie scheint uns gar nicht zu vermissen…"

„Das glaube ich nicht", gab der Onkel zurück. „Sie ist sicher nur momentan sehr beschäftigt mit sich selbst, der Schwangerschaft, der neuen Liebe…"

„Hoffentlich. Habt ihr schon gehört, dass sie zwei Babys erwartet? Zwillinge. Schade, dass ich auch daran so wenig Anteil nehme, aber so ist es nun mal. Mir sind die Ideen ausgegangen, nachdem ich alles einmal probiert hatte: mit ihr über meine Sicht der Dinge reden, sie stark in meine Probleme involvieren, sie auch mal eine Weile auf Distanz halten – es hat alles nichts gebracht. Jetzt bin ich ratlos."

Lilly starrte eine Weile in die Luft und war dann froh, dass das Essen vorbei war und alle mithalfen, den Tisch aufzuräumen. Das Gespräch über Mathea war beendet, und sie wendeten sich beim anschließenden Kaffee auf der Veranda leichteren, fröhlicheren Themen zu. So blieb es Lilly erspart, davon zu berichten, dass ihr der Mathea-Teil der Reise noch bevorstand, dass sie sich erst vor dem Bild in Amsterdam auseinandersetzten wollte mit dem für sie so schmerzhaften Verlust. Bis dahin hatte sie jeden Gedanken an ihre Schwester eigentlich beiseiteschieben wollen.

Doch das Gespräch hallte lange nach. Lilly saß noch eine ganze Weile wach auf ihrem Bett, nachdem Caroline längst nach Hause gefahren war, und ihre Tante und der Onkel schon schliefen. Die Stille um sie herum fühlte sich kalt an, kalt und leer. All die Freiheit, die Leichtigkeit und Unbeschwertheit der letzten Tage schien verflogen. Wie unbekümmert sie sich gefühlt hatte, als sie gespürt hatte, dass ihr die Trennung nicht mehr wehtat, wie sie die spaßige Zeit mit den Studenten genossen hatte, so albern, so zwanglos.

Lilly kam sich vor wie ein Anfänger bei den ersten

Versuchen auf dem Surfbrett. Als habe sie auf dem wackeligem Untergrund das schwere, kaum zu kontrollierende Segel endlich aus dem Wasser gezogen, es mühsam aufgerichtet. Als habe sie es, schwankend zwar, aber stolz, schließlich in den aufrechten Stand geschafft. Und als hätten eine leichte Brise und die Wucht des Segels sie dann doch wieder umgeworfen, rückwärts.

Rückwärts in das kalte Wasser, alle Mühen umsonst.

Alles wieder von vorne.

Wieder anstrengen, aufrichten.

Alle Probleme waren wieder präsent. Ihre Familie. Vater tot, die Mutter so einsam, gebrochen und gleichzeitig so stark. Und Mathea, einerseits so nah und doch meilenweit entfernt.

Lilly begann wieder zu zweifeln. War diese Reise doch nur eine Flucht vor Dingen, die sie ohnehin wieder einholen würden, sobald sie zurückkehrte? War sie nichts als ein netter Urlaub, gespickt mit dem Betrachten vieler Bilder, der sie doch nicht weiterbrachte? Was nutzte es denn letztlich, das viele Nachdenken? Vater würde tot bleiben und Mathea verschollen in ihrem Hamburg mit diesem Maximilian, der sie ihr einfach entrissen hatte. Mit den Kindern, die Mathea erwartete, würde die innere Distanz sicherlich noch anwachsen.

Grübelnd lag Lilly noch lange auf dem Bett und

fiel erst in einen unruhigen Schlaf, als die ersten Vögel bereits einen neuen Tag ankündigten. Sie träumte von wirren Dingen, die sie noch mehr aufwühlten, und beschloss nach dem Aufwachen eisern, sich vorerst zusammenzureißen. Sie trank einen Kaffee mit ihrer Tante und nahm sich fest vor, die kommenden Tage zu genießen.

11

Es gelang Lilly tatsächlich, die Tage bei ihren Verwandten unbeschwert und fröhlich zu gestalten. Daran trug sie selbst nur einen geringen Anteil, denn es war hauptsächlich Tante Elizabeth, die sie mit ihrer herzlichen Art rührend umsorgte und so für Zerstreuung sorgte. Sie machte mit ihr viele Ausflüge ins Dorf und in einige umliegende kleine Städte, wo sie Kaffee tranken, einkauften, durch Ausstellungen gingen. Sie besuchten Caroline in ihrer Bibliothek und assistierten ihr bei einer Vorlesestunde für Kinder. Einmal fuhren sie mit einem kleinen Boot über den See, ein anderes Mal trafen sie Bernhard in seiner Kirche und lauschten der Probe eines Gospel-Chores. Abends kochten sie oft gemeinsam in der gemütlichen Küche mit den Zutaten, die sie zuvor auf dem Markt gekauft hatten.

Lilly las viel in der großen Schaukel auf der Veranda und versuchte, nicht allzu oft an zuhause und die ungelösten Probleme zu denken, sondern zur Ruhe zu kommen und Kräfte zu sammeln wie ein Tier für einen langen Winter. Sie schlief lange und sah nur selten nach, ob sie Mails zu beantworten hatte. Es war ein Urlaub im eigentlichen, im allerbesten Sinne.

Auch das Thema Mathea schob sie in ihren Gedanken ganz nach hinten, es sollte bis Amsterdam warten. Nur Caroline sprach sie in den Tagen noch einmal darauf an. Offenbar hatte sie viel nachgedacht über die zerrüttete Beziehung ihrer beiden Cousinen. Sie selbst hatte ein entspanntes, herzliches Verhältnis zu ihren Geschwistern, doch die innige Verbundenheit zwischen Lilly und Mathea hatte sie immer bewundert und auch ein wenig beneidet.

„Ich glaube nicht, dass du dir Sorgen machen musst.", fasste sie ihre Gedanken eines Abends zusammen, als sie mit einem Aperitif im Garten in der Abendsonne saßen. „Es ist sicherlich nur eine Phase, die vorübergehen wird. Eine so enge Bindung, wie ihr sie habt, überdauert alles, das vergisst man niemals. Ich habe oft im Freundeskreis beobachtet, dass Partner oder Kinder Einfluss haben auf die Qualität von Freundschaften, Familien. Am Ende des Tages hat es sich stets relativiert, es hat sich durchgesetzt, was wirklich zählt. Auch Mathea wird sich erinnern, dass du der wichtigste Mensch in ihrem Leben bist, warte nur ab. Eines Tages wird sie straucheln wie es in jedem Leben ab und zu passiert. Sie wird wissen, dass es nur eine Person gibt, die sie auffangen kann. Und das bist dann du."

Lilly hatte gelächelt und ihrer Cousine für die aufmunternden Worte gedankt. Dann war sie mit ihrer Erholung fortgefahren und hatte alles ausgeblendet, was sie daran hätte hindern können. So vergingen die Tage voller Harmonie und Ruhe.

Kurz vor ihrer Abreise machte Lilly einen Spaziergang am See mit ihrem Onkel. Es war ein später Nachmittag und einige Wolken trübten den sonst klaren Frühsommerhimmel, der ihnen tagelang schönstes Wetter beschert hatte. Doch Lilly und Bernhard ließen sich davon nicht abschrecken, sie fuhren ein kleines Stück mit dem Wagen und parkten am Anleger für Segelboote. Von dort aus folgten sie einem ausgewiesenen Wanderweg, und Lilly staunte über die gute Kondition, über die ihr Onkel verfügte.

„Darüber bin ich ausgesprochen froh", gab dieser nach Lillys Kompliment zur Antwort. „Die Gemeindearbeit hält mich offenbar fit, und Elizabeth sorgt auch dafür, dass ich mich viel bewege. Es ist trotzdem alles nicht mehr so einfach, wenn man älter wird..."

Er stockte.

„Du beschäftigst dich sicher viel mit dem Lebenskreislauf, auch mit den Gedanken an den Tod, schon allein aufgrund deines Jobs, richtig?", fragte Lilly.

„Der Tod begleitet mich, ja, so kann man das sagen. Ich spreche viel mit den Gemeindemitgliedern darüber, vor allem natürlich rund um Beerdigungen. Ich persönlich habe einen starken, gefestigten Glauben an ein Leben nach dem Tod, das hilft ungemein. Trotzdem ist es nicht schön, wenn man nun zur ältestes Generation der Familie gehört, und gleichaltrige Freunde krank werden, leiden und sterben sieht. Auch der Tod deines Vaters hat mich sehr nachdenklich gestimmt. Nun, er war mein Bruder, da ist das wohl ganz normal."

„Du vermisst ihn."

„Ja, das tue ich, obwohl wir uns gar nicht oft gesehen haben und auch sehr unterschiedlich waren. Ich vermisse ihn sehr, niemand sonst kannte mich so lange wie er."

„Ich weiß genau, was du meinst. Es ist furchtbar, wenn die Menschen gehen, die doch immer da waren. Mir fehlt er auch so sehr."

„Er ist nur körperlich weg, Lilly. In unseren Gedanken und Erinnerungen ist er sehr lebendig. Ich sehe viel von ihm in dir, weißt du das? Er schien immer so ein robuster, zupackender Landwirt zu sein, aber tief im Inneren war er sehr verletzlich, sensibel und offen für die schöngeistigen Dinge des Lebens. Er hatte einen scharfen Blick für Kleinigkeiten, genau wie du. Ihr teilt viel mehr als nur die Liebe zur Kunst, das ist schön zu sehen."

Lilly lächelte. Sie gingen eine Weile schweigend nebeneinander her. Ein leichter Wind fuhr durch die hellgrünen Baumkronen und bewegte die dunkle Oberfläche des Sees.

„Ich vermisse Vater, aber gleichzeitig ist da so ein ungutes Gefühl... Eine Mischung aus Wut und Machtlosigkeit gepaart mit Mitleid und Trauer. So in etwa ist es." Lilly holte tief Luft und fuhr fort. „Ich kann ihm nicht verzeihen, dass er uns nichts von seiner Krankheit erzählt hat. Er hat uns so viele Chancen genommen. Die Möglichkeit, ihn zu trösten, für ihn da zu sein, Abschied zu nehmen. Wie kannst du damit umgehen?"

Der Onkel nickte verständig und verlangsamte seinen Schritt, bis er schließlich stehenblieb. Er ergriff Lillys Schultern mit den Händen und drehte sie sanft, bis sie einander direkt gegenüberstanden. Dann sah er ihr fest in die Augen.

„Ich habe davon gewusst, Lilly. Ich habe es gewusst."

Lilly verlor für den Bruchteil eines Augenblicks das Gleichgewicht, doch Bernhard hielt sie fest, bis sie sich schließlich aus seinem Griff löste und einen Schritt zurückwich.

„Du hast es gewusst?", flüsterte sie.

„Ja, ich habe von der Krankheit deines Vaters gewusst. Er hat es mir am Telefon erzählt, allerdings auch erst wenige Wochen vor seinem Tod."

Lillys Augen füllten sich mit Tränen.

„Wieso hast du uns nichts gesagt?", brach es wütend aus ihr heraus.

„Weil ich es ihm versprechen musste. Ich durfte niemandem davon erzählen, nicht einmal Elizabeth."

„Das heißt, sein Tod hat dich gar nicht überrascht?", Lilly konnte es immer noch nicht glauben.

„Es hat mich nicht überrascht, dass er gestorben ist, aber es war trotzdem sehr traurig für mich. Ich habe zwar mit ihm gesprochen, ihn aber nicht mehr gesehen, das war schwierig auszuhalten. Aber er wollte es so."

„Wieso hast du ihm nicht ins Gewissen geredet? Er hätte sich uns anvertrauen sollen!" Lillys monatelang angestaute Wut auf ihren Vater weitete sich in Sekundenschnelle auch auf Bernhard aus.

Der Onkel streckte wieder seine Hand nach Lilly aus, doch sie trat zurück und verschränkte die Arme vor der Brust wie ein trotziges Kind.

„Lass mich dir bitte erzählen, wie es gelaufen ist.", beschwichtigte er in ruhigem Ton.

Bevor Lilly zu irgendeiner Reaktion fähig war, begann er auch schon mit seiner Schilderung.

„Als der Anruf kam, war mein Bruder anfangs sehr nüchtern. Er erzählte abgeklärt von der Diagnose, seinen Behandlungen und der Hoffnung, die erschöpft schien. Da dachte ich natürlich noch, dass ihr alle Bescheid wisst. Ich mutmaßte, er wolle uns über etwas informieren, das ihr zuvor gemeinsam durchgestanden hattet. Glaube mir, ich war sehr überrascht, dass er niemanden ins Vertrauen gezogen hatte."

Er machte eine kurze Pause, fuhr aber nach einem Blick in Lillys fragendes Gesicht, in ihre weit geöffneten, traurigen Augen sogleich fort.

„Natürlich habe ich ihm geraten, mit euch zu sprechen. Das kam für ihn aber nicht in Frage. Er wollte es mit sich selbst ausmachen…"

„Wieso hat er es dann dir erzählt? So gläubig war er nicht, dass er priesterlichen Beistand brauchte.", fuhr Lilly aufgebracht dazwischen.

Onkel Bernhard lächelte milde. Er deutete hinüber zu einer Bank am Wegesrand.

„Komm, wir setzen uns", sagte er und führte Lilly, die immer noch etwas wackelig auf den Beinen war und leise weinte, sanft dorthin. Sie leistete keinen Widerstand, rückte jedoch, nachdem sie nebeneinander Platz genommen hatten, ein Stück von ihrem Onkel weg.

„Mir war anfangs auch nicht klar, warum er es mir erzählt hat, zumal ich ja nichts für ihn tun konnte, nichts für ihn tun durfte. Er wollte keinen Besuch von mir, keinen Beistand, erst recht keine Ratschläge, nicht einmal ein wenig Trost in dieser schweren Zeit. Er erzählte, dass er austherapiert sei, aber keinesfalls in ein Krankenhaus wolle. Vielleicht hätte er etwas Ruhe gebraucht, aber wenn du mich fragst, ist er genauso gestorben, wie es ihm am liebsten war. Zuhause, auf seinem Hof, bei euch."

Diesmal machte der Onkel eine lange Pause, bevor er weitersprach. Er sah hinüber zu seiner Nichte, die am anderen Ende der Bank kauerte und die Welt nicht mehr verstand.

„Im Laufe des Telefonats wurde er dann zunehmend emotionaler. Ich merkte ihm an, dass er weniger an seiner Krankheit litt als an etwas anderem, bislang unausgesprochenem. Und schließlich bat er mich nur um eines, nämlich eines Tages mit dir zu sprechen, was ich heute tue. Er konnte sich schon denken, dass du ihm sein Schweigen nachtragen würdest."

„Was sagst du da?"

Lilly konnte nicht fassen, was der Onkel in der ihm eigenen Ruhe, seiner besonnenen Art da vortrug. Sie sah ihn fragend an und wischte die Tränen mit dem Handrücken fort.

„Er sagte, dass ihm bewusst sei, dass er deiner Mutter, deiner Schwester und dir von seinem Zustand erzählen müsste, aber er konnte es nicht. Er sagte, wenn er das Unglück, die Trauer und Angst um ihn in deinen Augen hätte ansehen müssen… das hätte er nicht aushalten können. ‚Mathea ist stark wie ihre Mutter, aber Lilly würde so sehr leiden, das könnte ich nicht ertragen.' So hat er es gesagt. Er wollte dir den Schmerz nicht zumuten und sich selbst davor schützen, deinen Kummer ansehen zu müssen."

Lilly schluckte, und auch der Onkel schien inzwischen sehr berührt.

„Er hat es aus Liebe getan, Lilly.", schloss er leise.

Die ersten Regentropfen fielen, doch Lilly und Bernhard blieben reglos auf der Bank sitzen und starrten auf den bewegten See. Sie hingen ihren eigenen Gedanken nach. Bernhard hatte schwer an dem Vermächtnis seines Bruders getragen, aber seinen Wunsch respektiert. Er war nun froh, endlich mit Lilly zu sprechen, in deren Kopf sich alles drehte. Alles war in Unordnung geraten.

„Was hat er noch gesagt?", wollte sie eilig wissen.

„Ich erinnere mich nicht an jede Einzelheit des Telefonats, zumal auch schon eine Weile vergangen ist. Es war ihm einfach sehr wichtig, dass ich verspreche, Dir seine Entschuldigung eines Tages auszurichten. Er hat sicherlich lange mit sich gerungen, dann aber diese Entscheidung getroffen. Er kannte dich sehr gut und hat deinen Unmut vorausgeahnt. Allerdings sind mir noch zwei weitere Kleinigkeiten unseres Gesprächs in Erinnerung geblieben…"

„Was denn?", Lilly hing nun an den Lippen ihres Onkels, um nicht die kleinste Silbe der Botschaft ihres Vaters zu versäumen.

„Er sagte, dass es viele Dinge im Leben gibt, die man erst dann verstehen kann, wenn man sie selbst erlebt hat. ‚Ich hoffe natürlich nicht, dass Lilly eines Tages krank wird und erleben muss, was ich jetzt durchmache. Aber ich wünsche ihr, dass sie irgendwann Kinder hat, die sie liebt, dann wird sie begreifen, dass man alles dafür tut, sie zu beschützen.'"

Lilly begann wieder zu weinen. Inzwischen regnete es stark und ein diffuser Nebel zog auf. Der Onkel legte seinen Arm um Lilly und drückte sie an sich. Sie ließ ihn gewähren, obwohl sie nach wie vor nicht fassen konnte, dass er all die endlosen Monate lang dieses Geheimnis bewahrt hatte.

„Lass uns nach Hause fahren, Lilly. Elizabeth wird uns eine heiße Suppe machen, wir sind ja völlig durchnässt. Ich bin sehr froh, dass wir endlich miteinander gesprochen haben. Ich habe den Zeitpunkt, den heutigen Tag, nicht bewusst gewählt, es erschien mir einfach richtig. Du musst deinem Vater verzeihen, er hatte nur ehrenhafte Motive für sein Schweigen."

Lilly sah ihn an als wüsste sie nicht, ob ihr das möglich sein würde. Für den Moment wusste sie überhaupt nichts mehr, ihr eben noch schwindelnder Kopf war jetzt völlig leer. Jemals in eine Normalität zurückzukehren, erschien ihr utopisch.

„Du kannst das.", fuhr Bernhard fort. „Du hast ein großes Herz und einen wachen Verstand. Du machst dich selbst doch nur unglücklich, wenn du nicht loslassen kannst. Du und dein Vater, ihr hattet ein wunderbares gemeinsames Leben, über dreißig Jahre lang, das ist so kostbar. Du solltest an ihn in Liebe und Dankbarkeit denken, das hat er verdient."

Lilly nickte, hob den Kopf und sah umher als käme sie langsam wieder zu sich. Sie bat ihren Onkel eindringlich, schon einmal ohne sie nach Hause zu gehen und überzeugte ihn schließlich mit Beharrlichkeit, obwohl Bernhard seine Nichte nur ungern allein in dem aufziehenden Unwetter sitzen ließ. Er verstand jedoch, dass sie nach den Neuigkeiten etwas Ruhe brauchte um ihre Gedanken zu ordnen. Er legte zum Abschied die Hand auf ihre Schulter und stand auf.

„Warte noch!", rief Lilly, als sich der Onkel schon einige Meter von der Bank entfernt hatte. „Was ist die zweite Kleinigkeit, an die du dich erinnerst?"

Bernhard kam ein paar Schritte zurück, und Lilly glaubte, ein leichtes Schmunzeln in seinem Gesicht zu erkennen als er sagte: „Vielleicht war dein Vater doch gläubiger, als du annimmst. Er sagte, ‚das Wiedersehen mit Lilly wird eines Tages viel schöner sein, wenn nicht diese fürchterliche Krankheit uns hier auf Erden zu einem tränenreichen Abschied zwingt.'"

Dann streichelte Bernhard Lillys Wange und ging.

Lilly blieb auf der Bank zurück, wo die Minuten und Stunden vergingen. Doch Raum und Zeit spielten für sie keine Rolle, denn Lilly hatte das Gefühl, sich aufgelöst zu haben. Sie hatte weder den Regen bemerkt, der immer dichter geworden war, noch das Grollen des Donners in der Ferne, auch nicht die Blitze, die über dem inzwischen aufgewühlten See hell gezuckt hatten. Sie hatte getrauert, endlich friedlich getrauert. Sie hatte an Vater gedacht, die Monate seit seinem Tod waren in ihren Gedanken vorbeigezogen, auch die Wochen davor, die vielen gemeinsamen Jahre.

Sie dachte an Bernhard, den Mitwisser.

So geheim.

In ihr grenzenloses Unglück mischte sich ab und zu der Hauch eines winzigen Glücksstrahls, der die Dunkelheit für einen Augenblick durchstach. Beim Auszug vom Hof hatte Lilly am Arbeitsplatz ihres Vaters aufgeräumt und jedes Blatt Papier dreimal angesehen, in jedem Kunstband geblättert, jede Schublade aufgezogen in der Hoffnung, irgendeine Nachricht von ihm zu finden. Eine Erklärung. Als erhalte sie irgendeinen Anhaltspunkt, der ihr Anlass gäbe, die Dinge zu verstehen.

Wie wertvoll die heutige Botschaft doch war!

Nach der ganzen qualvollen Zeit eine Nachricht von Vater, tatsächlich eine Nachricht. Sie war nicht inhaltsschwer im Sinne einer grandiosen, brisanten Neuigkeit, aber er hatte an sie gedacht. Er hatte ihre Gefühle antizipiert und nicht zugelassen, dass sie mehr leidet als nötig. Eine Dankbarkeit ungeahnten Ausmaßes durchzog Lillys ganzen Körper, bevor er wieder in Trauer zerfiel.

Sie stand auf, taumelte ein Stück des Weges entlang, sank schließlich an einem immensen Baumstamm in sich zusammen, geschüttelt von den vielen, vielen Emotionen, die sich in ihr vereinigten. Sie kauerte auf der knorrigen Wurzel, wo sich ihre Tränen mit dem Regen mischten, ihr Glück mit dem Unglück, ihr Weiterleben mit Vaters Tod.

12

Reisetagebuch

Flughafen Chicago, 24. April

Manchmal fügen sich die Dinge im Leben von ganz alleine. Als habe man bei einem Puzzle umtriebig, geradezu hektisch nach den fehlenden Teilen gesucht, bevor sie einem einfach in die Hand gelegt werden. Nach all der quälenden Zeit, die ich seit Vaters Tod damit verbracht habe, meine zwiespältigen Gefühle zu sortieren, nach den vielen Stunden im Louvre vor dem Bild hat Onkel Bernhard nun die Dinge zu einem guten Ende gebracht.

Mein anfänglicher Unmut über dessen langes Schweigen hat sich schnell verflüchtigt, er hat nur getan, was ihm aufgetragen wurde. Und er hat berechtigterweise gefordert, dass ich Vater verzeihen muss, was mir nun endlich möglich ist, nachdem sich auch das letzte bisschen Groll verzogen hat. Nun wiegen nur noch die vielen schönen Jahre, alles was ich von ihm gelernt habe, alles was er mir mit auf den Weg gegeben hat.

Vater hat mich nicht vergessen.

Er hat sich Gedanken gemacht, was wohl der beste Weg für uns alle sei und hat dann entschieden. Im Sinne aller. Keine egoistischen Beweggründe, kein ‚ich-brauche-niemanden-und-schaffe-alles-allein', sondern ein weitsichtiger, liebevoller Entschluss.

Endlich komme ich zur Ruhe.

Robert und Vater. Zwei schmerzhafte Verluste und nun zwei geheilte Wunden. Es bleibt die schöne Erinnerung an vergangene Zeiten. Endlich Frieden. Beide sind sie nicht mehr da, und mein Leben muss ohne sie weitergehen. Aber Mathea ist noch da! Es wird Zeit, sich mit dem zu beschäftigen, was noch zu retten ist, was eine Zukunft haben könnte.

Auf nach Amsterdam!

Doch reicht meine Kraft?

Kurz bevor ich in der Kanzlei um diesen Urlaub bat, hatte mich das Gefühl ereilt, mein bis dahin so monotones, so unaufgeregtes und gemächliches Leben habe durch die Verluste eine neue Brisanz erhalten. Die neue Leere war zwar schockierend, doch sie hat mich auch beflügelt, animiert, getrieben zu dieser Reise. Wie dringend wollte ich die Dinge angehen, hinterfragen, zu Ergebnissen gelangen.

Doch jetzt fühle ich mich ausgebrannt, als hätte ich mich überanstrengt, dem Körper, dem Geist und der Seele zu viel zugemutet. Ich brauche eine Rast und sehne mich nach dieser unspektakulären Ruhe zurück, die mich mein Leben lang umgeben hat. Auch wenn meine Reise bisher erfolgreich verlief, so hat sie doch viel Kraft gekostet.

Doch nun ist ein denkbar ungünstiger Zeitpunkt für eine Pause. Vielleicht ist mein Wunsch danach aber ohnehin nichts weiter als ein Ausdruck von Angst vor der nächsten Aufgabe, die vermutlich die schwierigste sein wird. Mathea ist nicht gestorben, sie hat sich nicht von mir abgewandt, mich nicht verlassen – und trotzdem ist sie weg. Sie steht vor mir und ist doch unerreichbar. Sie hört mich und versteht doch kein Wort. Sie sieht mich und erkennt doch nicht, was ich empfinde, nicht die Distanz, die uns trennt.

Mathea, meine zweite Hälfte, wo bist du? Wie kann ich dich erreichen?

Teil III: Amsterdam

13

Die Kaffeemaschine hatte ab und zu einen Aussetzer, aber ansonsten war das Hausboot perfekt. Lilly war direkt nach ihrer Landung in Amsterdam mit dem Taxi zur Vermietungsagentur gefahren. Der höfliche Mann dort, der wie aus der Zeit gefallen schien und eine große Ähnlichkeit mit dem Hauptmann aus Rembrandts ‚Die Nachtwache‘ aufwies, hatte sie zu ihrem Schiff begleitet und ihr alles ausgiebig gezeigt und erklärt.

Schon bei dieser Führung war die defekte Kaffeemaschine aufgefallen, der Vermieter hatte nachdenklich an seinem roten Bart gespielt und nach einer Lösung gesucht. Doch Lilly, der das alles viel zu lange dauerte, die müde nach dem langen Flug war, hatte ihm glaubhaft versichert, dass sie eben Tee trinken würde, und schließlich war der Hauptmann langsam und nachdenklich von dannen gezogen, als habe er einen Riesenfehler begangen, den zu korrigieren nun sein dringlichstes Anliegen war. Lilly hatte ihm kopfschüttelnd nachgesehen und sich dann, nachdem sie sich mit wenigen Handgriffen und ihren dezimierten Habseligkeiten auf dem Boot eingerichtet hatte, sogleich hingelegt.

Seitdem schlief sie viel und lange. Sie legte sich regelmäßig mittags hin und ging auch abends früh zu Bett. Außer schlafen, ein wenig bummeln, einkaufen und essen hatte sie schließlich auch nach fast zehn

Tagen in den Niederlanden nicht viel erlebt.

Nach dem quirligen Paris, wo sie umtriebig war und viel besichtigt hatte, nach der anfänglich unfreiwilligen Partyphase in Chicago und der intensiven Familienzeit am Michigan See hatte sie sich völlig ihrem absoluten Ruhebedürfnis hingegeben. Sie genoss das Nichtstun in vollen Zügen und spürte schließlich, dass ihre Kräfte nach und nach zurückkehrten.

Nun hatte sie immer häufiger das Gefühl, bald bereit zu sein für die nächste große Aufgabe. Nachdem sie den Gang ins Museum trotzdem wieder und wieder, Tag für Tag, verschoben hatte, war es eines Morgens so weit. Lilly hatte gefrühstückt und stand ausgehbereit an der Reling. Sie war so voller Tatendrang und neuer Energie, dass sie fest entschlossen war, direkt ins Rijksmuseum zu gehen und sich den Dingen zu stellen, die dort auf sie warten würden.

Sie nahm schwungvoll ihre Handtasche und griff nach dem Handy, auf dem sie schnell noch in den E-Mail-Eingang sah, den sie eine Weile nicht aktualisiert hatte. Sie scrollte durch die neu eingegangene Post und zuckte gleich zweimal kurz hintereinander zusammen.

Eine Mail von Robert.

Und eine Mail von Florentin.

Beide waren sie vom gestrigen späten Abend und beide waren sie für Lilly so überraschend, dass ihr

118

der Schreck in die Magengrube fuhr. Während die Nachricht von Robert sie irritierte - was mochte er von ihr wollen? -, löste die Mail von Florentin Freude aus, obgleich sie auch hier den Grund der Zeilen nicht erahnte. Sie legte ihre Tasche nochmal beiseite und setzte sich in den Liegestuhl, ihrem Lieblingsplatz auf dem Hausboot. Er stand auf einer winzigen Terrasse am Heck des Schiffes und war so gemütlich, dass Lilly oft in ihm las, schlief oder einfach vor sich hin döste, sobald die Sonne zum Vorschein kam.

Kurioserweise hatten beide Mails sehr ähnliche Betreffzeilen, Roberts Mail lautete schlicht ‚Angebot', Florentins Nachricht ‚Vielleicht ein gutes Angebot?'. Lilly wurde neugierig. Zunächst öffnete sie Roberts Mail, die sehr lang war und die sie zweimal lesen musste, so schwer fiel es ihr, den Inhalt zu fassen. Die Mail war nicht nur lang, sondern auch wirr. Lilly las sie ein drittes Mal, diesmal langsam und gründlich, um die Zusammenhänge zu verstehen und nichts zu übersehen. Robert begann ganz nach seiner Art sehr umständlich mit einigen Gedanken zu ihrer Trennung, ohne diese jedoch konkret zu benennen.

Vielleicht waren die Entscheidungen, die wir in letzter Zeit getroffen haben, nicht richtig, womöglich haben wir nicht alle Optionen überprüft und ausgeschöpft.

Nicht alle Optionen geprüft? Lilly hatte eine gänzlich andere Erinnerung, sie sah sich noch weinend auf dem Sofa sitzen, sämtliche Register ziehend, um die Beziehung zu retten. Damals hatte Robert ihr sachlich und kühl zu verstehen gegeben, dass seine Entscheidung wohlüberlegt und endgültig sei. Nun, da er in seinem Amtsdeutsch offenbar das längst beschlossene Beziehungsende anzweifelte, so überraschend das auch war, kam er ohne Umschweife auf seine Karriere zu sprechen.

Im Herbst werde ich Seniorpartner in der Kanzlei, ein wichtiger Schritt, der mir Gelegenheit gibt, auch im Privaten eine neue Zeit einzuläuten.

In langen Sätzen ließ sich Robert über seine Zukunft aus, er ließ Lilly teilhaben an den beruflichen Perspektiven, die sich ihm boten, und ereiferte sich in allen Details über die intensive, verantwortungsvolle, wichtige Aufgabe. Lilly sah ihn im Geiste vor sich. Sie konnte sich genau vorstellen, wie groß der Triumph für ihn war. Seniorpartner, für Robert das höchste Ziel.

Sie schauderte.

Und was war dann passiert? War ihm aufgefallen, dass zu einem perfekten Anwalt eine Ehefrau gehört, ein Familienleben, Kinder? War ihm bewusst geworden, dass er allein war und bei seinem Pensum kaum Kapazitäten für eine neue Beziehung hatte? Schien es ihm eine bequeme Lösung zu sein, Lilly zurückzuholen, mit der es nett und angenehm gewesen war, die ja sogar vom Fach war?

Ich habe gehört, dass Du derzeit auf Reisen bist. Wo denn aktuell genau? Vielleicht finde ich Zeit und besuche Dich für ein paar Tage. Lass mich bitte wissen, wann es Dir passen würde.

Diese Zeilen beunruhigten Lilly enorm. Allein die Vorstellung, Robert wiederzusehen, gefiel ihr überhaupt nicht. Erst recht nicht auf dieser für sie so bedeutsamen Reise, auf der ihr zudem endgültig die zwangsläufige Richtigkeit ihrer Trennung klargeworden war.

Sie las die Mail ein letztes Mal. Trotz ihres eigentlich netten Inhalts war sie in einer kühlen, distanzierten Sprache verfasst. Lilly konnte beim besten Willen keine Liebenswürdigkeit, kein ehrliches Bedauern, keine Reue feststellen.

Und selbst wenn.

Robert war Geschichte.

Sie beschloss, ihm sofort zu antworten. Zu gefährlich erschien ihr die Möglichkeit, Robert könnte sich bei ihrer Mutter oder sonst irgendwem nach ihrem Aufenthaltsort erkundigen und plötzlich vor der Türe stehen. Ohne Umschweife begann sie zu tippen.

Sie gratulierte Robert zu seinem beruflichen Aufstieg in der Kanzlei, lobte seinen geradlinigen Ehrgeiz, seine Zielstrebigkeit und Mühen. Sie schrieb, dass sie tatsächlich auf Reisen hier und da sei, neue Eindrücke sammele und eine interessante Zeit habe, die, wie sie ausdrücklich betonte, nur ihr gehöre. Abgesehen davon sei ihr in den letzten Wochen und Monaten klargeworden, dass die Trennung der richtige, zwangsläufige Schritt gewesen sei. Somit sei sie an einem Wiedersehen nicht interessiert. Sie schloss damit, dass man sich nach ihrer Rückkehr mal auf einen unverbindlichen Kaffee in der Mittagspause treffen könne, las die Mail noch einmal durch, atmete zufrieden ein und aus und klickte blitzschnell auf Senden.

Sofort machte sich ein erleichtertes Gefühl in ihr breit, als habe sie eine eigentlich unvermeidliche Gefahr in letzter Sekunde abgewendet. Trotzdem, wie es nun einmal so ist, wenn eigentlich Vergangenes unverhofft ins Leben platzt, hing sie noch eine Weile ihren Gedanken nach. Was, wenn Robert ein wenig früher auf die Idee gekommen wäre, sie zurückhaben zu wollen? Hätte sie zugestimmt? War es nun eine glückliche Fügung des Schicksals, dass sie mit der Beziehung gerade erst komplett abgeschlossen hatte? Und würde er ihre Ablehnung hinnehmen? Oder was käme noch?

Und war das überhaupt die richtige Entscheidung? Immerhin war Robert zwar vielleicht nicht die große Liebe, aber ein netter, erfolgreicher Mann, an dessen Seite sie ein ruhiges, unaufgeregtes Leben führen könnte. Und war das nicht vielleicht sinnvoller als ein Warten auf die ganz großen Gefühle, die ihr womöglich nie begegnen würden? Wollte sie all dem Komfort und der angenehmen Normalität, die ihr Leben bis vor kurzer Zeit maßgeblich bestimmt hatten, ein einsames Dasein vorziehen? Immer allein?

Nein, keine Zweifel.

Die Entscheidung war richtig und gut.

Lilly rief sich zur Bestätigung Seurats Bild ins Gedächtnis, das ihr in Chicago die Augen geöffnet hatte. Diese glasklare Darstellung von Langeweile und Starrheit einer ganzen Gemeinschaft. Sie wollte definitiv nicht dazugehören, dann schon lieber allein. Allmählich legte sich jede innere Aufregung und je sicherer sie wurde, das Richtige getan zu haben, desto entspannter wurde sie.

Mit dem klaren Bewusstsein, dass es ihr egal sein werde, was Robert auf ihre Mail nun seinerseits antworten würde, löschte sie seine umständlichen Zeilen. Während sie in den Weiten des Netzes auf Nimmerwiedersehen verschwanden, fiel Lilly die Nachricht von Florentin wieder ein, die sie umgehend öffnete und las.

Liebe Lilly,

hoffentlich geht es Dir gut und Du genießt Deine sicherlich interessante Reise. Ich hoffe, dass die Zeit für Dich so erkenntnisreich ist, wie Du es Dir gewünscht hast, und dass sich alle Deine Hoffnungen hinsichtlich der Bildbetrachtungen erfüllen. Bestimmt hast Du schon jede Menge beeindruckender Kunst gesehen, darum beneide ich Dich sehr!

Ich freue mich schon darauf, wenn Du mir von Deinen Eindrücken berichtest, vielleicht bei einem baldigen Wiedersehen? Ich habe mich jedenfalls sehr gefreut, dass wir uns in Paris kennengelernt haben und seitdem viel über Deine außergewöhnliche Kunstliebe nachgedacht. Dabei ist mir folgende Idee gekommen:

Wir werden in sehr naher Zukunft eine neue Stelle hier am Museum schaffen und ausschreiben, die womöglich für Dich interessant sein könnte, zumal Du mir ja erzähltest, dass Du Dich emotional ein wenig von der Rechtswissenschaft entfernt hast. Allerdings wären Deine juristischen Kenntnisse auch für uns von Bedeutung, denn es geht um Provenienzforschung, also die Recherche und Erschließung der Herkunft von Kunst. Da es dabei häufig um verworrene Besitzverhältnisse geht – bei Beutekunst oder Raubkunst zum Beispiel – sind präzise wissenschaftliche Forschungen vonnöten. Diese haben oft rechtswissenschaftliche Bezüge, es geht um Quellenrecherche und Archivarbeit, jedoch sind zudem ein gutes Gespür für Kunstwerke sowie ein feiner, geschulter Blick notwendig. So bist Du mir in den Sinn gekommen.

Wäre das für Dich interessant? Die Rekonstruktion der

Eigentümerfolge und -verhältnisse ist ein noch relativ neues, sehr spannendes Feld, wie ich finde. Es bietet sicherlich einen ungewöhnlichen und aufregenden Arbeitsalltag. Gerne schicke ich Dir weitere Unterlagen hierzu, den Link zur Stellenausschreibung findest Du in wenigen Tagen auch auf unserer Homepage.

Lass Dich nun aber bitte nicht zu sehr stören auf Deiner Tour, die Entscheidung hat Zeit. Ich wollte nur nicht versäumen, Dir von der Option zu berichten, auch wenn Du womöglich andere Pläne hast.

Genieße die Tage und komm gesund zurück! Ich freue mich, von Dir zu hören.

Liebe Grüße, Dein Florentin

Lilly ließ das Handy sinken. Was für eine nette Mail, war ihr erster Gedanke, während es ihr in dem Klappsessel an Deck immer wohliger zumute wurde. Und was für ein Unterschied zu dem kühlen Geschreibsel von Robert, ganze Welten lagen ihrer Meinung nach zwischen diesen beiden Charakteren! Während Florentin kein Wort über sich selbst verlor, hatte Robert ganze Absätze lang von seinem eigenen beruflichen Vorankommen geschwärmt. Im Gegensatz zu ihm erkundigte sich Florentin teilnahmsvoll nach Lillys Befinden und ihrer Reise. Auch dass er hinsichtlich der neuen Stelle im Museum an sie gedacht hatte, war ausgesprochen aufmerksam. Seine Anteilnahme an anderen Lebenswegen, an den Menschen um ihn herum, verblüffte Lilly erneut.

Allerdings zog sie einen Jobwechsel keineswegs in Betracht, erst recht nicht in ein so neues, ihr vollkommen unbekanntes Gebiet, so aufregend es klingen mochte. Auch wenn sie manchmal nicht mehr mit vollem Herzen hinter dem geltenden Recht stand, so war sie doch gut in ihrem Job, vor allem versiert und halbwegs erfolgreich. Und auch wenn sie dabei war, einige Dinge in ihrem Leben zu ändern, sich neue Sichtweisen zu erarbeiten, sie blieb ein Freund konstanter Dinge. Ihre Arbeit in der Kanzlei würde sie behalten, ganz sicher, denn diese war ihr immerhin geblieben. Ihr Elternhaus war verkauft, in ihrer Wohnung zwischen den vertrauten Möbeln wohnte nun Robert allein. Auch bei ihrer Mutter würde sie nicht ewig bleiben können, bleiben wollen. Und selbst ihre persönlichen Dinge waren ihr in Amerika abhanden gekommen.

Genug der Veränderungen, ihr Job blieb ihr Job.

Doch ihre Gedanken schweiften wieder ab zu Florentin. In den wenigen Stunden, die sie miteinander verbracht hatten, schien er mehr über sie begriffen zu haben als Robert in all den gemeinsamen Jahren. Sein enormes Einfühlungsvermögen beeindruckte sie zutiefst. Sicherlich würde sie ihn gerne einmal wiedertreffen. Was für ein Hohn, dass er ausgerechnet in Hamburg lebte!

Wie Mathea.

In deren Nähe sie derzeit gar nichts trieb, und doch alles hinzog.

Übermächtig.

Ihr fiel ihre Entschlossenheit von vor etwas mehr als einer Stunde wieder ein, als sie endlich aufbrechen wollte. Die beiden Mails hatten sie gedanklich völlig aus der Bahn geworfen, aber nun legte sie die neuen Avancen Roberts gedanklich ab und beschloss, Florentins freundliche Nachricht am Abend in aller Ruhe zu beantworten. Sie nahm erneut ihre Sachen und ging zielstrebig los.

14

Auch das Bild, das Lilly seit ihrem zehnten Geburtstag an Mathea erinnerte, hatte sie noch nie zuvor im Original gesehen. Vater, der ihr Interesse an Kunst früh registriert und auf jede erdenkbare Weise gefördert hatte, hatte ihr an diesem Geburtstag ein Buch über Kinderdarstellungen in der Malerei geschenkt. Als Lilly die Seite mit dem Bild ‚Eselreiten am Strand' von Isaac Israels erstmals aufgeschlagen hatte, war die Verbindung zu ihrer Schwester immanent gewesen.

Es war vermutlich das Gemälde, das sie in ihrem Leben am häufigsten betrachtet hatte. Der Bildband war längst ausgeblichen, hatte Eselsohren, Risse und lose Seiten. Schon als Kind konnte Lilly stundenlang in solchen Büchern blättern, und dieses war eines ihrer liebsten. Wie sehr mochte sie die Kinderbilder aus den verschiedenen Epochen, in unterschiedlichsten Stilen gemalt und in allen möglichen Situationen dargestellt.

Sie hatte innerhalb der Familie nie viel über ihre Kunstleidenschaft und über die Verbindungen, die sie zwischen Werken und Menschen zog, gesprochen. Trotzdem, da sie vor allem in jungen Jahren auch kein Geheimnis daraus gemacht hatte, wussten alle davon. Vater hatte sie stillschweigend verstanden, so war es ihr vorgekommen. Mutter hatte keinen ausgeprägten Sinn für Kunst, und Mathea hatte ab und zu ihre üblichen Witze gemacht. Sie zog Lilly auf, neckte sie, aber immer liebevoll. Sie kannte auch das Bild mit den Eseln am Strand, hatte aber scheinbar nie verstanden, was Lilly daran an sie beide erinnerte.

„Wir haben doch noch nie auf Eseln gesessen, solche fürchterlichen Hüte haben wir zum Glück nie besessen, wer von uns ist denn so blond?", bemerkte sie unentwegt.

Lilly hatte sie reden lassen. Die Einheit, die für sie von dem Bild ausging, sah eben nur sie. So war es ja sowieso immer. Das Empfinden vor Kunstwerken war eine derart subjektive Sache, dass man gar kein Verständnis erwarten konnte. Doch jetzt, da Lilly vor dem originalen, etwa einhundert Jahre alten Ölgemälde stand, stieg leichte Enttäuschung in ihr auf.

Das Bild war klein.

Es war zwar weder ein Bild im Kleinformat, noch überraschten Lilly die Maße, denn sie kannte sie seit Jahren. Aber es wirkte für sie, verglichen mit seiner Bedeutung, mit Matheas und ihrer enormen Verbundenheit, viel zu winzig. Zumal es in diesem riesigen Rijkssmuseum mit seinen achtzig Sälen und zwischen all den anderen niederländischen Werken im Raum geradezu unterzugehen schien.

Lilly schlenderte etwas unschlüssig um das Bild herum. Sie sah es sich immer wieder an und erhoffte insgeheim eine blitzartige Erleuchtung, wie es vor

Roberts Bild geschehen war. Gleichzeitig fürchtete sie eine Erkenntnis, der sie nicht gewachsen war.

Aber es passierte gar nichts.

Überhaupt gar nichts.

Das Bild zeigt eine Szene am Strand. Sand und Meer sind im Hintergrund erkennbar. Im Vordergrund sieht man zwei Mädchen, die auf Eseln reiten. Sie tragen weiße Kleider und rote Hüte, unter denen ihre langen, blonden Haare auf die Schultern hinab fallen. Das dem Betrachter entferntere Kind blickt zu dem Esel des vorderen Mädchens hin, als prüfe es, ob alles gut sei. Die beiden Kinder haben ein enges Verhältnis zueinander, so dass sie auf der Leinwand geradezu miteinander zu verschmelzen scheinen. Die weißen Kleider gehen ineinander über, das gesamte Aussehen der Mädchen erscheint ähnlich. Ihre Esel laufen in einträchtigem Gleichschritt nebeneinander. Genauso hatte Lilly sich und ihre Schwester immer betrachtet, als Einheit.

Zwei, und doch eins.

Dass auf dem Bild noch weitere Personen dargestellt sind, konnte Lilly allzeit genauso gut ausblenden wie im wirklichen Leben. Der Junge am linken Bildrand, der wohl die Esel führt, und das jüngere Mädchen im Hintergrund, das mit weißem Kleid und Hut ebenfalls auf einem Esel reitet, wer sollten sie schon sein? Lilly nahm sie nur da war, wo sie tatsächlich waren, am Rande. Im Zentrum standen die Mädchen mit den roten Hüten, standen Mathea und sie, umgeben zwar von der ganzen Welt, aber sich selbst genug, zu zweit unbesiegbar.

Auch jetzt, im überfüllten Rijksmuseum, erschien Lilly das Bild nach wie vor sehr passend für Mathea und sie. Sie fand es wunderschön, so kompositorisch ausgewogen und harmonisch. Es war zwar nicht riesig, nicht so dominant wie erwartet, steckte aber voller Zuneigung, Rücksicht und Vertrautheit. Lilly erinnerte sich sogleich an viele, viele Begebenheiten. Mit Mathea verknüpfte sie nahezu jede Erinnerung, die sie hatte. Ihr ganzes Leben lang waren sie beieinander gewesen.

Ihre Kindertage hatten sie hauptsächlich auf dem elterlichen Hof verbracht. Mathea, die Lebendigere, packte sofort überall mit an, war sich für nichts zu schade, hatte permanent aufgeschürfte Knie und Schmutz überall. Lilly, die mit eher wissenschaftlichem Interesse die Arbeit ihrer Eltern besah, hielt sich zwar im Hintergrund, folgte der Schwester aber auf Schritt und Tritt.

Später waren sie in den Kindergarten gegangen, ein gemeinsames Jahr lang, bevor Mathea eingeschult wurde. Wenn Frau Voss, diese ungerechte Person, Lilly drangsalierte, wenn die großen Jungs mit Sand schmissen, konnte sie sich immer auf den Schutz der großen Schwester verlassen. Einmal, Lilly schmunzelte bei der Erinnerung, hatten sich die beiden Mädchen im Holzhäuschen auf dem Außengelände des Kindergartens versteckt, als nur die großen Kinder einen Ausflug zur Feuerwehrwache machen durften. Als man sie schließlich gefunden hatte, hatten die Schwestern so lange protestiert, bis Lilly, die Kleine, tatsächlich mitkommen durfte.

Im ganzen Dorf waren sie als unzertrennliches Geschwisterpaar bekannt, wer sich mit Mathea anfreundete, gehörte fortan auch zu Lilly, ebenso umgekehrt. Auch zu Grundschulzeiten hielt die enge Bindung. Mathea, die Pragmatischere, und Lilly mit ihrem ausgeprägten Sinn für Schöngeistiges. Lilly war sensibler, verletzlicher. Schon bald überflügelten ihre Leistungen die ihrer Schwester um ein Vielfaches, doch das war der einen wie der anderen egal. Lilly half Mathea, wann immer sie gebraucht wurde, und konnte sich im Gegenzug stets auf ihre große Schwester verlassen, die sie beschützte und verteidigte, wann immer es notwendig war.

Auch nach Matheas Abitur, nur mit Mühe bestanden, trennten sich ihre Wege nicht. Mathea ließ sich ausbilden, zunächst zur Logopädin, dann zur Physiotherapeutin, schließlich noch zur Familienberaterin. Sie hatte ihr Ding gefunden, war gut in dem, was sie tat. Und sie blieb in der Nähe. Lilly tat es ihr gleich, sie studierte unweit, keine von ihnen verließ Niedersachsen je für einen längeren Zeitraum.

Alles erlebten sie gemeinsam, vertrauten einander alles an. Mathea fragte Lilly stundenlang Paragraphen ab, sie fuhren zusammen in den Urlaub, hatten gemeinsame Freunde, erste Liebschaften, auch ernste Beziehungen. Doch kein Blatt Papier passte zwischen die Schwestern, die alles voneinander wussten.

Ängste.

Träume.

Alles, alles.

Bis Maximilian kam.

Er war auf einer Party aufgetaucht, ein Freund von Bekannten. Rasch hatten sich Mathea und Maximilian ineinander verliebt, und schnell war sie zu ihm nach Hamburg gezogen. Sie hatte sich dort in eine Praxis für verhaltensauffällige Kinder und Jugendliche eingekauft, in der sie ihr jahrelang angeeignetes Rundumwissen hervorragend einbringen konnte. Lilly erinnerte sich daran, wie sie das gefeiert hatten. Auf dem Hof bei einem Wildessen, keine anderthalb Jahre war es her. Schon damals hatte sie das Gefühl, etwas stimme nicht mit ihrer Schwester, als sei ein Riss in die soliden Mauern ihrer Verbundenheit geraten. Als wankte das Fundament, als spielten die Unterschiede in ihren Charakteren plötzlich bedeutende Rollen, als entwickelten sie sich mit einem Mal in zwei entgegengesetzte Richtungen.

Dieser Ruck, der durch ihre innige Freundschaft gegangen war, hatte Lilly deshalb so nachdenklich gestimmt, weil sie ihn sich nicht erklären konnte. Da war dieser Sog, in den Mathea hineingeraten war, der sie unaufhaltsam von Lilly entfernte. Sie verstand es einfach nicht. Natürlich waren sie verschieden, doch da war so viel, das sie immer verbunden

hatte. So viel Offensichtliches und Unausgesproche-
nes. Bislang hatte doch nichts ihrer Beziehung auch
nur den kleinsten Schaden zufügen können.

Was also war passiert?

Lilly sah wieder zu dem Bild hinüber und versuchte, dem Eselführer, der dunkel gekleideten Ge-
stalt am linken Bildrand, Maximilians Gesicht zu
geben. War er es, die sie auseinandertrieb? Aber
wieso? Was könnte seine Motivation sein? Wollte er
Mathea nicht teilen, sondern ganz für sich allein
beanspruchen?

Oder hatte Mathea in Hamburg, womöglich im
Rahmen ihrer neuen Arbeit, Dinge erlebt, die sie so
verändert hatten? Lilly wusste, dass es oft grausame
Wahrheiten waren, die Mathea aus dem Leben der
Kinder, aus ihren geschundenen Seelen ans Tages-
licht führte. Grausamkeiten, die sie umtrieben, die
sie nach Dienstschluss mit nach Hause nahm in ihrem zwar robusten, aber dennoch verletzbaren Herzen.

Nur Spekulation.

Lilly hatte viel, zu viel über diese Fragen nachgedacht, sie Mathea gestellt, sie mit der Mutter besprochen. Doch sie war nicht klüger geworden, und
auch hier, vor ihrem Bild, schien sie keine Antworten zu erhalten. Sie sah wieder und wieder hin, spazierte durch andere Säle, kehrte zurück, dachte
nach. Sie suchte nach einem versteckten Hinweis,
nach irgendeinem Fingerzeig in die richtige Rich-

tung.

Nichts.

Schließlich, als sie spürte, dass die lähmende Müdigkeit, die sie gerade erst losgeworden war, zurück in ihren Körper kriechen wollte, löste sie sich von dem Anblick der Mädchen auf den Eseln und verließ das Museum. In ihr machten sich gleichzeitig Gefühle von Erleichterung sowie Enttäuschung breit. Zum Glück empfing sie draußen ein freundlicher Tag, der noch wärmer geworden war, also spazierte sie lange an den Grachten entlang.

Irgendwann, sie war auf einer Brücke stehengeblieben und schaute umher, bemerkte sie zwei kleine Mädchen, die unter den Augen eines Paares am Ufer spielten. Sie mochten drei, vier Jahre alt sein, offenbar Zwillinge. Sie trugen rote Shirts und hatten gepunktete Schleifen in den Haaren. Lilly beobachtete ihr Spielen lange. Die Kinder fanden etwas am Wegesrand, zeigten es einander aufgeregt, stritten kurz, wer es halten dürfe und liefen zu den Eltern. Schließlich begannen sie zu lachen, hüpften vor Freude über irgendetwas und umarmten einander fest. Lilly traten Tränen in die Augen.

Ihr fiel nichts, aber auch gar nichts ein, das ihre Situation verbessern könnte. Sie hatte alles versucht und konnte nur noch abwarten.

Abwarten, ob Mathea zur Vernunft kam.

Abwarten, ob sie sich einander wieder nähern

würden.

Abwarten, ob sie sich mit dem jetzigen Zustand nun für den Rest ihres Lebens begnügen müsse.

Dieses Abwarten gefiel ihr überhaupt nicht, doch es schien alternativlos zu sein. Lilly beschloss, nicht noch einmal in das Museum zurückzukehren. In Paris hatte es auch nichts genützt, dass sie vor Vaters Bild ganze Tage verbracht hatte. Es würde sie nur schmerzen. Sie hatte gesehen, was sie auch vorher schon gewusst hatte.

Sie und Mathea gehörten zusammen.

Sie waren eins, für immer.

Am späten Nachmittag betrat Lilly ein kleines Restaurant, bestellte ein Glas Wein und aß einen Salat. Die kommenden Tage, beschloss sie, wollte sie nicht damit verbringen, ein Thema zu durchdenken, das sie ihrerseits nicht ändern konnte. Sie wollte sich weiterhin ausruhen, Kräfte sammeln für ihren neuen Lebensabschnitt und endlich mehr von Amsterdam sehen.

Langsam spazierte sie durch die Abendsonne zurück zu ihrem Hausboot. Die Stadt lag in einem herrlichen Licht, und an jeder Ecke boten sich wunderbare Anblicke alter, schiefer Häuser, lebhafter Plätze und leise auf dem Wasser schaukelnder Schiffe. Lilly bemühte sich, all diese Schönheiten zu registrieren und die vielen gemeinsamen Ferien, die sie mit Mathea an der holländischen Küste verbracht hatte, aus ihrem Gedächtnis zu verdrängen.

Sie betrachtete lange ein bemaltes, blau-weißes Geschirr in einem Schaufenster, das ihr sehr gut gefiel, und erinnerte sich, dass sie bald wieder einen ganzen Hausstand würde gründen müssen. Sie seufzte bei dem Gedanken daran. Doch diese nächste Herausforderung konnte warten. Die letzten Tage ihres Urlaubs wollte sie in aller Ruhe genießen und die Probleme der Zukunft der Zukunft überlassen.

Lilly betrat ihr Boot und erinnerte sich sogleich daran, dass sie Florentin noch eine Antwort schuldig war. Den ganzen Tag lang hatte sie noch nicht darüber nachgedacht, wie sie ihre Absage an sein Jobangebot freundlich, aber bestimmt formulieren würde. Nun überlegte sie, wog die Worte genau ab, verwarf erste Ideen. Genau in dem Moment, in dem sie mit der Mail beginnen wollte, klingelte ihr Handy. Ihre Mutter am anderen Ende der Leitung klang ausgesprochen gut gelaunt. Sie tauschten ein paar Neuigkeiten aus, bevor die Mutter Lilly einen Vorschlag unterbreitete.

„Ich könnte ein, zwei Tage zu dir nach Amsterdam kommen, mein Schatz", flötete sie in ungekannt fröhlichem Ton durch die Leitung. „Hättest Du Lust? Mir fällt hier die Decke auf den Kopf."

„Gerne", erwiderte Lilly erstaunt, aber erfreut.

„Gut.", sagte die Mutter und klang festentschlossen. „Ich komme morgen um 16.05 Uhr am Bahnhof an, holst du mich ab?"

„So schnell?", entfuhr es Lilly, aber sie bejahte sofort begeistert.

Sogar durch das Telefon konnte sie erahnen, dass ihre Mutter wieder ein Stückchen gewachsen war, sie sah sie geradezu vor sich, wie sie mit durchgestrecktem Rücken in ihrer Wohnung telefonierte. Was auch immer sie dazu bewogen hatte, Lilly freute sich über den angekündigten, unerwarteten Besuch. Sie zog den Pyjama an, machte es sich bei einer Tasse Tee gemütlich und begann endlich mit der Antwort an Florentin.

15

Reisetagebuch

Amsterdam, 5. Mai

Amsterdam, du wunderbare Stadt, ich schulde dir mehr Aufmerksamkeit!

Nun wird es wirklich dringend Zeit, dass ich mir ein paar Sehenswürdigkeiten ansehe, wovon es hier so viele gibt. Ich möchte tiefer eindringen in diese multikulturelle, bunte Stadt mit ihren vielen Möglichkeiten. Es warten noch diverse Museen, viele kleine Viertel mit tollen Giebelfassaden und vielleicht auch ein Fahrradausflug auf mich. Doch bisher brauchte ich erst viel Ruhe, dann haben mich die Mails von Robert und Florentin kurzfristig aus dem Konzept gebracht und schließlich auch noch das Betrachten von Matheas Bild. Letzteres hat mich leider keinen Schritt weitergebracht, so dass ich gezwungen bin, in dieser traurigen Angelegenheit die Dinge ruhen zu lassen. Immerhin das habe ich eingesehen, und nach all den bisher unternommenen Versuchen warte ich nun ab, wie Mathea sich in Zukunft verhalten wird. Das ist schade und schwer auszuhalten, aber nicht zu ändern.

Robert hat tatsächlich einen vorsichtigen, irgendwie plumpen Annäherungsversuch gestartet, über den ich immer noch innerlich den Kopf schüttele. Im Grunde haben mich seine Nachricht, diese kühle Art zu schreiben und seine offenkundige Selbstherrlichkeit nur in der An-

nahme bestärkt, dass er nicht der richtige Mann für mich ist. Ich bin erleichtert, dass es nicht zu einem Wiedersehen kommen wird und hoffe, dass er sich nun zurückzieht. Er muss einsehen, dass er aus einer Art Torschlusspanik heraus gehandelt hat, anders kann ich es mir nicht erklären. Berührt haben mich seine Worte jedenfalls keineswegs.

Wie sehr habe ich mich hingegen über die liebenswürdige Nachricht von Florentin gefreut! Er hat an mich gedacht bei der Vergabe eines neuen Jobs in seinem Museum, offenbar sieht er Potenzial für eine Provenienzforscherin in mir. Lange habe ich um die Worte gerungen, mit denen ich ihm erkläre, dass ich vorerst Anwältin bleiben möchte, trotz aller Probleme, die ich manchmal damit habe. Mir wird ja schon schwindelig bei dem Gedanken, was bald alles auf mich zukommt. Eine Wohnung suchen und einrichten, einen neuen Alltag auf die Beine stellen, ein Leben ohne Robert und unsere gemeinsamen Freunde, ohne Vater, womöglich ohne Mathea... Da kommt mir der vertraute Job gerade recht! Jetzt auch noch diesen hinter mir lassen zu müssen, würde einen kompletten Neuanfang bedeuten, das stimmt mich irgendwie traurig. Bis vor kurzer Zeit habe ich mein Leben schließlich sehr gemocht, da kann ich jetzt nicht alles über den Haufen werfen. Für solch einen Neustart mit einer neuen beruflichen Herausforderung in einer fremden Stadt bin ich momentan nicht stark genug, mir fehlen Mut, Kraft und wohl einfach auch der Wille, mich so vollständig zu verändern.

All dies wollte ich Florentin schreiben, doch dann habe ich die Sachlage versucht, mit seinen Augen zu betrachten und plötzlich kam es mir so spießig vor, am einzig Sicheren im Leben festzuhalten. Er selbst wäre da bestimmt anders, würde auf sein Herz hören, spontan sein und niemals eine Arbeit machen, die ihn nicht erfüllen würde.

Kurzum, ich muss es zugeben, ich habe ihm noch nicht abgesagt. Vielmehr habe ich ihm geschrieben, dass es mich sehr freut, dass er an mich gedacht hat, dass das Angebot spannend klingt (das finde ich tatsächlich!) und er mir gerne nähere Informationen zusenden soll. Für eine Absage ist später immer noch Zeit, und es erschien mir außerdem ein unpassender Zeitpunkt zu sein, seine Freundlichkeit zurückzuweisen. Also habe ich mich dankbar gezeigt, interessiert und zugewandt, habe mir quasi ihn selbst zum Vorbild genommen.

Inzwischen habe ich tatsächlich einiges über Provenienzforschung gelesen und mir sogar die Stellenausschreibung genau angesehen. Es scheint ein wirklich spannendes Aufgabenfeld zu sein, allerdings auch sehr verantwortungsvoll und komplex. Ich weiß nicht einmal selbst, ob ich es mir inhaltlich zutrauen würde, eine große Herausforderung wäre es allemal.

Nie zuvor bin ich auf die Idee gekommen, meine Liebe zur Kunst, mein Wissen darüber beruflich zu nutzen. Es kommt mir so vor, als sei ich in einer Zeit und einer Gesellschaft aufgewachsen, in der man nach dem Abitur eine solide Ausbildung oder ein vielversprechendes Studium wählte. Niemand gab sich einfach seinen Leidenschaften, den wahren Interessen hin. Und folgte doch jemand der inneren Stimme – ich erinnere mich an einen Mitschüler, der Fußballer werden wollte, und an die Tochter des

Zahnarztes, die es ins russische Staatsballett zu schaffen glaubte – wurde man in unserer bodenständigen Gegend bestenfalls belächelt. Eigentlich warteten doch alle nur auf das große, das zwangsläufige Scheitern.

Was für eine traurige Tatsache!

So engstirnig, so fixiert auf das unauffällige, normale und sichere Dasein.

Wie viele Träume und Talente wohl tief in Menschen schlummern, nie gelebt, stets versteckt.

Aber so ist es nun einmal. Und, wie so oft im Leben, kommt das Angebot für mich zum falschen Zeitpunkt. Florentin werde ich bei Gelegenheit darüber unterrichten. Vorerst bin ich sehr froh darüber, mit ihm in Kontakt zu stehen.

16

Als die Mutter am Amsterdamer Hauptbahnhof beschwingt auf Lilly zukam, war sie kaum wiederzuerkennen. Sie trug ein gelbes Kostüm, das Lilly noch nie gesehen hatte. Es ließ sie deutlich jünger aussehen. Ihr Gang war irgendwie federnd, befreit, und sie schien tatsächlich gewachsen.

„Lilly, mein Schatz", begrüßte sie ihre Tochter wie immer und umarmte sie herzlich, bevor die beiden sich ihren Weg durch die Menge bahnten.

„Nehmen wir ein Taxi zu meinem Boot?", fragte Lilly, als sie vor dem Haupteingang standen.

„Ich könnte einen Kaffee und ein Stück Kuchen vertragen, gibt es hier nichts Nettes in der Nähe?", gab die Mutter unternehmungslustig zurück.

„Doch, sicher, aber ich dachte...", Lilly stockte und blickte zu Mutters Rollkoffer. Sie hatte erwartet, Mutter wolle sich nach der Fahrt zunächst ausruhen, etwas frisch machen, das Gepäck wegbringen.

„Ein neuer Koffer, siehst du? Er hat vier Rollen und ist federleicht, ich kann ihn ohne Probleme neben mir herschieben."

Die Mutter ließ ihr Gepäckstück demonstrativ einige Pirouetten drehen, und Lilly staunte, mehr über die neue Mutter als den neuen Koffer. Schließlich konnte sie sie doch zu einer kurzen Taxifahrt überreden. Sie nannte dem Fahrer die Adresse eines Cafés. Kurz darauf kamen sie dort an, fanden einen freien Platz und gaben ihre Bestellung auf. Mutter umfasste Lillys Hände, erkundigte sich nach ihrem Befinden und der bisherigen Reise, doch für ausführliche Antworten blieb kaum Zeit. Aus ihrer Handtasche kramte Frau Schulze-Blum nämlich alsbald einen zerlesenen Amsterdam-Reiseführer, dem sie einen gefalteten Zettel entnahm.

„Hier steht, was ich alles gerne sehen würde. Meinst du, dass wir das schaffen? Mein Zug zurück geht übermorgen am Mittag.", verkündete sie mit geschäftiger Miene.

Lilly nahm den Zettel, las ihn mit hochgezogenen Augenbrauen und faltete ihn schließlich langsam wieder zusammen.

„Bist du überhaupt meine Mama?", fragte sie spöttisch.

Mit der gebrochenen, enttäuschten, desillusionierten Frau, die sie nach dem Erlebnis auf der Spezialwiese am Flughafen verabschiedet hatte, hatte die Mutter heute überhaupt nichts mehr gemein.

„Wie meinst du das?"

„Naja, du wirkst so… verändert. Sehr energiegeladen. Woher kommt denn überhaupt plötzlich diese Reiselust? Also, verstehe mich bitte nicht falsch, ich freue mich sehr, dass du hier bist."

Lillys Eltern waren nie viel gereist. Ein paar Touren zu Vaters Familie in die Staaten waren die große Ausnahme gewesen. Den Hof, so hieß es immer, könne man nicht lange alleine lassen.

Mutter rutschte an die vordere Stuhlkante und blickte Lilly ernst an.

„So konnte es doch nicht weitergehen, Lilly.", begann sie. „Dein Vater ist tot, der Hof ist weg. Damit muss ich mich abfinden. Und wenn vom alten Leben nicht mehr viel übrig ist, dann muss man eben neue Inhalte schaffen. Dieses Rumsitzen in der neuen Wohnung, es hat mich wahnsinnig gemacht. Ich hatte doch immer viel zu tun, und nun? Nur noch Langeweile, niemand braucht mich mehr, meine großen Töchter sowieso nicht." Sie lächelte und winkte ab, als Lilly widersprechen wollte. „Das ist auch alles gut so, ab jetzt werde ich mich einfach um mich selbst kümmern, wie findest du das?"

„Gut. Sehr gut sogar." Lilly nippte an ihrer heißen Schokolade. Sie war ernsthaft beeindruckt.

Die Mutter fuhr unbeirrt fort. „Meine Nachbarin erzählte von einem Lesekreis, das klang interessant, also bin ich mit ihr hingegangen. Eine nette Gruppe trifft sich zweimal monatlich und diskutiert über Bücher. Biographien hauptsächlich, eigentlich gar nicht so sehr mein Geschmack, aber egal. Dort traf ich eine Frau, die mir von einem Reisebüro in Hannover erzählte, das ausschließlich alleinstehende Senioren berät. Hast du gewusst, dass es so etwas gibt? Wie auch immer, dort bin ich dann auch hingefahren und habe mich informiert.

Du glaubst gar nicht, was die für tolle und interessante Angebote haben! Ich hätte alles Mögliche buchen wollen, habe mich aber zunächst für Rom entschieden. Eine zweiwöchige Busreise, in drei Monaten geht es los. Ich habe mir zwei neue Koffer und ein bisschen Reisegarderobe gegönnt, ich kann ja schlecht mit den Blumenschürzen durch Rom spazieren."

Lilly blieb die Luft weg. Sie suchte nach anerkennenden Worten, doch ihre Mutter war noch gar nicht fertig. Sie zog ein flaches Lederetui aus ihrer Tasche, dem sie einen Tablet-Computer entnahm.

„Sieh mal hier, auch das habe ich mir gekauft und schon einen Kurs begonnen, in dem man den Umgang damit lernt. Ein faszinierendes Gerät. Ich muss noch viel üben, aber einiges kann ich schon. Immerhin habe ich es damit geschafft, mich für einen Probekurs im Golfen anzumelden. Meinst du, das wäre etwas für mich? Der Golfplatz ist so nah, ich wäre endlich wieder mehr draußen an der frischen Luft und daher dachte ich…"

Lilly konnte kaum noch folgen und war froh, dass der Kellner an den Tisch trat und ihren Kuchen servierte. Sie nutze die Gelegenheit und unterbrach die Mutter für eine kurze Zusammenfassung.

„Also: Große Reisepläne, ein Lesekreis, der neue Computer und ein Golfkurs. Habe ich etwas vergessen? Hast du noch mehr Überraschungen parat?"

Die Mutter überlegte, während sie, den Kopf zur Seite geneigt, an Lilly vorbei sah.

„Nein, ich denke nicht."

Lilly lehnte sich zurück. Sie war überaus überrascht vom Auftritt ihrer Mutter, den ganzen Plänen und Vorhaben, die diese in der Kürze der Zeit auf die Beine gestellt hatte. Obwohl sie nur wenige Wochen weg gewesen war, hatte die Mutter eine immense Wandlung vollzogen, sie hatte sich offenbar aus eigener Kraft aus ihrem Kummer und der lähmenden Trauer befreit.

Die Mutter, dachte Lilly im Stillen, war einfach ein ganz anderer Typ als sie selbst, viel unkomplizierter, pragmatischer, resoluter. Sie konnte sich mit unabänderlichen Dingen weitaus schneller abfinden, akzeptierte das Schicksal und schien nun ernsthaft bemüht, das Beste aus ihrer Situation zu machen. Sie selbst war dagegen so anders, grübelte lange über Dinge nach, die nicht zu ändern waren, versuchte, alles zu hinterfragen, zu verstehen. Sie wusste, dass sie sich damit selbst im Weg stand, denn sie verschwendete Zeit und oft mangelte es ihr an Unbeschwertheit. Vielleicht sollte sie sich ihre Mutter zum Vorbild nehmen, denn womöglich war ihr Verhalten weitaus sinnvoller, machte glücklicher, führte schneller zum Ziel.

Aber Lilly war nun mal Lilly. Sogar wenn sie jetzt ihre Mutter betrachtete, verspürte sie eine gewisse Angst. Sie fürchtete, der große Aktionismus, das rasante Tempo ihrer Mutter sei zu viel des Guten, sie würde sich übernehmen, am Ende womöglich enttäuscht sein, wenn ihr das neue Leben doch nicht über die Tage der Trauer hinweghelfen sollte. Doch sie beschloss, ihre Zweifel für sich zu behalten. Offenbar ging es der Mutter mit ihrem Tun gerade sehr gut und sie sollte die Erfahrungen so machen, wie sie es für richtig hielt. Sie kannte sich selbst gut, wusste eigentlich genau, was sie sich zumuten konnte. Also beließ Lilly es bei viel Lob und Zuspruch, und beides kam von Herzen.

Sie faltete den Zettel mit Mutters Amsterdam-Plänen erneut auseinander und gemeinsam besprachen sie die Route. Lilly bestand aus etwas fadenscheinigen Gründen darauf, das Rijksmuseum von der Liste zu streichen, ohnehin hätten sie die ganzen Vorhaben zeitlich ansonsten kaum geschafft. Sie brachen auf, um keine Zeit mehr zu verlieren, und fuhren zunächst zu Lillys Bleibe.

Als sie am Hausboot ankamen, trafen sie nahezu gleichzeitig mit Rembrandts Hauptmann ein, der eine riesige Kaffemaschine vor sich her balancierte, deren Größe in keiner Relation zu der Küchennische auf dem Hausboot stand. Dennoch taten die Frauen erfreut. Lilly beobachtete amüsiert Mutters Umgang mit dem Rothaarigen, dessen Deutsch einen starken holländischen Akzent hatte. Es kam ihr beinahe so vor, als flirtete Mutter mit ihm, doch war Lilly womöglich nur noch nicht an Mutters neue Leichtigkeit gewöhnt, die sich nun offenbar Bahn brach bis hin zum Umgang mit jedem, dem sie begegnete. Schließlich verabschiedete sich der Bootsvermieter mit einer komischen angedeuteten Verbeugung und ging.

Die Tage flogen nur so dahin. Mutter zeigte keinerlei Ermüdungserscheinungen. Obwohl Lilly mehrfach anbot, ein Taxi oder den Bus zu nehmen, wollte sie viel zu Fuß erkunden. Stundenlang streiften sie durch die Gassen Amsterdams. Sie fuhren mit einem Boot die Grachten entlang, sahen eine Ausstellung in den Räumen des Van-Gogh-Museums, flanierten durch Geschäfte, in denen Käselaibe bis unter die hohen Decken gestapelt waren. Mutter war aufgeschlossen, interessiert, neugierig, zeigte eine beinahe kindliche Begeisterung. Sie ging auf die Menschen zu, sprach mit ihnen, war eine rundum angenehme Begleiterin.

Schließlich kauften sie für Lilly das Geschirr, das ihr gefallen hatte, und ließen es an Mutters Adresse in Deutschland versenden. An dieser Stelle machte die Mutter einige allgemeine Bemerkungen zu den Themen Neubeginn und Selbstinitiative. Sie musterte Lilly mit einem durchdringenden Blick, wurde jedoch nicht konkreter. Trotzdem bekam Lilly mehr und mehr das Gefühl, Mutter wollte ihr durch das eigene Verhalten vermitteln, dass das Leben weiterging und auch sie selbst, Lilly, nun zu einem neuen Anfang bereit sein solle.

Lilly wiederum gelang es, die Neuigkeiten, die sie von Onkel Bernhard erfahren hatte, wohldosiert an ihre Mutter zu übermitteln, doch diese zeigte keine tiefgreifenden Reaktionen. Es schien sie nicht sonderlich zu überraschen, sie kannte ihren Mann so gut, wusste um sein besonderes Verhältnis zu Lilly und sagte nur lächelnd, wissend, nickend: „Siehst du, alles fügt sich."

Am letzten Abend im Restaurant nahm Mutter erneut ihren geschäftigen Gesichtsausdruck an.

„Was denkst du inzwischen über Matheas Verhalten?", wollte sie wissen. „Hast du viel von ihr gehört, meldet sie sich bei dir?"

Lillys Laune verschlechterte sich in Sekundenschnelle. Mutters Anwesenheit hatte sie abgelenkt, sie hatte in diesen Tagen kaum an ihre Schwester gedacht.

„Nein. Hörst du von ihr?"

„Sie meldet sich pflichtbewusst immer mal wieder, aber unregelmäßig. Sie lässt sich auf nichts festlegen. Gesehen haben wir sie jetzt doch eine ganze Weile nicht, oder? Sie ist wie ein Fisch, der einem ständig aus der Hand schlüpft. Was mag sie nur haben…?"

Mutter sah mit einem fragenden Gesichtsausdruck aus dem Fenster auf die vorbeigehenden Passanten, als dächte sie zum ersten Mal über dieses Problem nach.

„Vielleicht sind wir selbst daran schuld.", überlegte sie laut.

„Wie bitte?", Lilly verstand nicht. „Was haben wir denn gemacht?"

„Womöglich haben wir nicht genug teilgenommen an den Veränderungen in ihrem Leben."

„So ein Unsinn, ich habe mein Leben lang an allem teilgenommen, was Mathea betraf. Sie zieht sich doch zurück, sie erzählt doch nichts mehr, sie ist doch verschwunden!", Lilly wurde etwas lauter.

„Ja, das stimmt, aber haben wir uns genug Mühe gegeben? Was wissen wir denn über ihr neues Leben in Hamburg, die Firma, die neuen Kollegen? Und was wissen wir über ihr neues Zuhause?"

„Sie hat uns doch gar nicht involviert, sondern alles mit Maximilian alleine geregelt", fuhr Lilly dazwischen.

„Maximilian, ein gutes Stichwort. Was weißt du denn über ihn? Was ist er für ein Mensch, was macht er den ganzen Tag, wo kommt er her, was ist ihm wichtig? Er ist ja nun nicht irgendein Freund, Mathea hat ihn wirklich gern. Vielleicht hätten wir uns mehr auf ihn einlassen sollen."

Lilly dachte kurz nach, obwohl sich alles in ihr dagegen sträubte. Sie versuchte, sich Maximilian ins Gedächtnis zu rufen. Er war einer der ganz wenigen Menschen, zu dem ihr partout kein Kunstwerk einfallen mochte. Hatte Mutter womöglich recht? War das ein Zeichen von Desinteresse ihrerseits? Hatte sie Matheas Freund nicht ausreichend gewürdigt?

Die Mutter beobachtete sie verstohlen. Offenbar fragte sie sich, ob sie bei Lilly einen Nerv getroffen, irgendeinen Impuls ausgelöst hatte. Scheinbar ließ ihr eigener Drang zum Aktionismus gegen die Traurigkeit tatsächlich auch bei anderen keine Tatenlosigkeit mehr zu.

„Eines ist mir klar geworden, Lilly. Man muss die Dinge selbst in die Hand nehmen, sonst verändert sich nichts. Wir müssen auf Mathea zugehen, sonst wird nichts passieren. Lass uns einen Plan schmieden."

„Was hast du denn vor?", fragte sie ihre Mutter schwach.

„Ich habe keine konkrete Idee, aber vielleicht finden wir mehr über Maximilian heraus, treffen seine Familie, fahren sie besuchen in Hamburg, laden alle zu uns ein, was weiß ich. Hauptsache, es kommt Bewegung in die Angelegenheit."

Lilly, die gerade erst beschlossen hatte, das Thema Mathea ruhen zu lassen, war nicht sonderlich begeistert, versprach aber, darüber nachzudenken. Mutters Tatendrang, soviel war klar, war fürs erste nicht zu bremsen.

Die Mutter war schon seit einigen Tagen fort, und auch Lillys eigene Abreise stand in wenigen Tagen bevor. Zuhause würde sie noch zwei Wochen Urlaub haben, in denen sie sich nach einer neuen, eigenen Wohnung umsehen würde. Langsam machte sich eine leichte Vorfreude in Lilly bereit, die sich mit einer Wehmut paarte, die das nahende Ende der bereichernden, aufschlussreichen Reise mit sich brachte.

Als ihr Telefon morgens um halb sieben klingelte, war sie noch benommen von den Träumen, aus denen sie just gerissen worden war.

„Mutter?", sie hatte die Nummer auf dem Display erkannt.

„Lilly, entschuldige, dass ich dich wecke."

„Schon gut, ist etwas passiert?"

„Ich bin bei Mathea in Hamburg, sie hat die Babys bekommen."

„Die Babys?"

Lilly bemühte sich, in ihrem halbwachen Zustand zu rechnen. Die Zwillinge waren für August ausgerechnet, glaubte sie sich zu erinnern, jetzt war Mai. Sie hörte, wie ihre Mutter am anderen Ende der Leitung tief einatmete.

„Mathea fragt ununterbrochen nach dir, bitte komm so schnell du kannst."

17

Reisetagebuch

Intercity Amsterdam – Hamburg, 14. Mai

Die Reise meines Lebens ist vorüber.

Ein paar Tage früher als erwartet fahre ich aus Amsterdam, meiner letzten Station, ab. Doch nicht wie geplant nach Hause, sondern nach Hamburg zu Mathea. Ich weiß noch nicht, was die Frühgeburt ihrer Kinder genau bedeutet, Mutter sprach von einem kritischen Zustand.

Aber Mathea möchte mich sehen.

Ich habe nachgedacht, ob es richtig ist, ihrem Wunsch sofort zu entsprechen. Nach allem, was in den letzten Monaten war, bin ich skeptisch und weiß nicht, wie ich ihr begegnen soll. Doch sie ist meine Schwester, und wenn sie mich braucht, dann sehe ich nach ihr.

Die Zeit ist gekommen, ein Resümee der Reise zu ziehen. Es hat mir enorm geholfen, die Bilder, die ich mit Vater und Robert verbinde, zu betrachten. Bezüglich Mathea hingegen bin ich genauso schlau wie vorher. Vielleicht lasse ich mich von Mutter anstecken, und wir finden mit Mühe einen Weg zu ihr.

Doch eine ganz andere Tatsache ist mir völlig klar geworden:

Wie bereichernd ist das Reisen!

Es kommt mir vor, als sei ich ewig unterwegs gewesen, dabei waren es nur wenige Wochen. Offenbar empfindet man die Zeit ganz anders, wenn man ständig von neuen Eindrücken und Begebenheiten umfangen ist. Es lohnt sich, den Alltagstrott zu durchbrechen, man bekommt den Kopf frei für neue Herausforderungen, neue Ideen, eine neue Weltsicht. Die Momente verstreichen intensiver, bleiben haften im Gedächtnis, reichern das Leben an mit Erfahrungen.

Ich möchte mir diese Erkenntnis bewahren, auch in Zukunft viel verreisen, mehr von der Welt sehen. Wer weiß, vielleicht bringe ich nach all den Jahren ein System in meine Kunstleidenschaft, plane demnächst Fahrten zu bestimmten Museen, Ausstellungen, Kulturgütern? Offenbar hat Mutter mich schon ein wenig angesteckt, denn sie hat recht, es warten noch so viele schöne Möglichkeiten.

Und das Leben, es geht weiter.

Teil IV: Hamburg

18

Die Zeit verlangsamte sich in dem Moment, in dem Lilly das Krankenhaus betrat.

Sie hatte im Zug mehrfach versucht, mit ihrer Mutter zu telefonieren, doch die Verbindung riss immer wieder ab. Sie hatten verabredet, sich direkt in der Klinik zu treffen, so viel hatte Lilly verstanden, doch wusste sie nicht genau, was sie erwartete. Ihr Zug war am frühen Abend in Hamburg eingetroffen, die Stadt war grau verhangen, es windete und regnete in Strömen. Eilig war sie mit ihrem kleinen Gepäck zum Taxistand gelaufen.

Nun, da sie in der Eingangshalle des Krankenhauses stand und das Tempo wie von Geisterhand gedrosselt wurde, kamen die Erinnerungen mit einer enormen Wucht zurück. Lilly blieb stehen und registrierte benommen, was um sie herum geschah. Patienten und Besucher standen in kleinen Gruppen beieinander, wurden in Rollstühlen geschoben oder besahen die Zeitschriftenständer vor dem kleinen Kiosk. Ärzte und Schwestern in weißen Kitteln, blauer oder grüner OP-Kleidung eilten umher, sahen auf den Boden, grüßten nur flüchtig. Wann immer sich die automatische Türe nach draußen öffnete, wehte ein unangenehmer Zigarettenduft hinein.

Es war alles genau wie damals.

Der gleiche Geruch.

Die gleiche sterile Kühle, die von den gekachelten Wänden zurückgeworfen wurde.

Lilly hatte glücklicherweise nie Berührungspunkte mit Krankenhäusern gehabt, aber vielleicht hatten sich gerade deshalb die Bilder und Eindrücke aus Vaters Todesnacht für immer in ihr festgesetzt. Sie schloss die Augen und atmete ein paar Mal tief durch. Dann orientierte sie sich kurz und trat an den Informationsschalter.

„Ich möchte meine Schwester besuchen, sie liegt hier mit ihren neugeborenen Kindern. Wo kann ich sie finden?", fragte Lilly unsicher und nannte der Dame hinter dem Tresen Matheas Namen.

Diese sah im Computer nach, stutze, schüttelte den Kopf, sah erneut nach.

„Ah", nach einer Weile schien sie fündig geworden zu sein. „Ihre Schwester liegt auf der Neonatologie, dort können sie allerdings nicht einfach so jemanden besuchen. Sie folgen bitte den Schildern und klingeln dann an der Tür. Man wird Ihnen dort weiterhelfen."

Lilly dankte und wandte sich ab, ging aber nicht sofort los, sondern beobachtete noch eine Weile das Geschehen um sie herum. Nichts unterschied die Atmosphäre von der in der anderen Klinik, in der sie Vater verloren hatte. Für Lilly war es ein Ort, der an Schmerz, Leid und Trauer erinnerte, nicht an neugeborenes Leben oder Heilung. Schließlich folgte sie der Beschilderung, nahm den Aufzug und ging breite Flure entlang. Sie bemühte sich, nirgendwo genauer hinzusehen und hielt den Blick gesenkt. Die Versuchung, einfach umzukehren, war riesig.

Als sie vor der großen, doppelflügeligen Milch-glastüre mit der Aufschrift Neonatologie angekommen war, blieb sie unschlüssig stehen. Sie entdeckte an der rechten Seite einen kupferfarbenen Klingel-knopf, als sie plötzlich eine Hand auf ihrer Schulter spürte und erschrocken herumfuhr.

„Lilly, mein Schatz, da bist du ja".

Lilly fiel ihrer Mutter in die Arme. „Was für ein schrecklicher Ort", entfuhr es ihr leise.

„Setzen wir uns", sagte die Mutter und bugsierte Lilly zu einer nahegelegenen Klappstuhlreihe.

Lilly registrierte, wie müde die Mutter aussah. Noch während sie sich fragte, was genau vorgefallen sein mochte, begann ihre Mutter zu erzählen.

„Vor drei Tagen hatte Mathea einen Blasen-sprung."

„Einen...?"

„Ihr ist die Fruchtblase geplatzt, Wochen zu früh, es war sehr überraschend. Sie kam sofort hierher, die Ärzte mussten die Kinder per Kaiserschnitt auf die Welt holen."

Die Mutter schluchzte auf und presste ein Ta-schentuch an ihren Mund. Kaum merklich schüttelte sie den Kopf. Lilly wusste nicht, was sie sagen sollte, in ihrem Kopf wirbelten unzählige Fragen. Die Mutter fing sich und fuhr fort.

„Die Kinder sind winzig, ihre Organe sind noch nicht ausreichend entwickelt. Es ist die Grenze der Lebensfähigkeit. Sie liegen jetzt auf dieser Station hier in Inkubatoren, das sind wärmende Brutkästen. Niemand weiß, wie es weitergeht. Ob sie durchkommen, ob sie Schäden davontragen… Die Prognosen sind völlig ungewiss."

„Und wo ist Mathea?", wollte Lilly wissen.

„Sie ist bei den Kindern, liegt im gleichen Zimmer. Sie hat die Operation körperlich gut verkraftet, sie steht inzwischen auf und läuft ein wenig herum. Aber sie ist natürlich völlig durcheinander…"

„Und Maximilian ist bei ihr?"

„Nein, im Moment nicht. Er ist vorhin nach Hause gefahren, er wird duschen und sich kurz ausruhen. Ich war bis vor ein paar Minuten bei Mathea, sie lassen immer bloß zwei Erwachsene gleichzeitig in die Krankenzimmer der Kinder. Es ist eine so spezielle Station, du wirst es ja sehen."

„Kann ich jetzt zu ihr?"

„Ja, du solltest zu ihr gehen. Sie fragt permanent nach dir. Ich werde ins Hotel gehen, es ist gleich um die Ecke. Hier habe ich dir die Adresse aufgeschrieben. Es ist ein Doppelzimmer, wenn du müde bist, komm einfach."

Sie umarmten sich zum Abschied und Mutter machte eine zögerliche Geste als wollte sie noch etwas sagen. Doch dann schien sie es sich anders überlegt zu haben, nahm Handtasche und Schirm und ging. Lilly sah ihr nach, bis sie am Ende des Flurs abgebogen war, dann trat sie zögerlich an das Klingeltableau und drückte auf den Knopf. Über die Gegensprechanlage nannte sie ihren Namen und ihr Anliegen. Die Türe summte, Lilly drückte sie auf und betrat einen breiten, hellen Flur, von dem viele Zimmer abgingen. Vom anderen Ende gab ihr eine Krankenschwester zu verstehen, sie möge bitte warten.

Lilly sah sich um. An den Wänden hingen unzählige gerahmte ‚Vorher-Nachher-Bilder‘. Sie zeigten jeweils ein Frühgeborenes, daneben dann je ein Bild eines größeren Kindes, begleitet von Dankesworten an die Station und Texten wie ‚Luca, geboren in der 28. Schwangerschaftswoche und Luca heute, zwei Jahre alt, ein gesundes, lebhaftes Kind. Dank an alle Ärzte und Betreuer‘. Lilly ging von einem Bild zum nächsten, las und besah die Fotos.

„Sie müssen sich die Hände desinfizieren, kommen Sie bitte mit mir.“, die Krankenschwester stand plötzlich hinter ihr, ohne dass Lilly sie hatte kommen hören.

Ihre Zeit schien knapp bemessen, trotzdem war sie freundlich. Sie zeigte Lilly einen Aufenthaltsraum für Besucher, der hübsch eingerichtet war, wies sie in das Prozedere des Desinfizierens ein und brachte sie dann zu Matheas Zimmer.

„Ihre Schwester schläft, es wäre gut, wenn Sie sie nicht gleich wecken würden. Sie war wirklich furchtbar erschöpft und muss sich ausruhen".

„Natürlich", sagte Lilly und sah der Krankenschwester hinterher, die die Schiebetüre ein wenig zuzog.

Das Zimmer war relativ dunkel, die Rollläden waren heruntergelassen, das Licht gedimmt. Matheas Bett stand im hinteren Teil des Raumes an der Wand, sie schlief offenbar tief. Lilly stellte leise ihre Sachen auf einen Stuhl und trat an die gläsernen Inkubatoren.

Noch nie zuvor hatte sie so kleine Menschen gesehen.

Winzige Menschlein.

Lilly hielt unwillkürlich den Atem an, während sie die Babys besah und alle Eindrücke zu sortieren versuchte. Das eine Kind lag ein wenig auf der Seite, es trug nichts als eine Windel. Mit Manschetten, Pflastern und Verbänden waren jede Menge dünner Schläuche und Kabel an dem kleinen Körper befestigt, über die das Kind offenbar ernährt und überwacht wurde. Ein Monitor oberhalb des Inkubators gab Auskunft über die Werte des Neugeborenen, aber Lilly verstand nichts davon. Sie sah auf ein bizarres Gebilde aus Linien und Punkten, rasch wechselnde Zahlen leuchteten neongrün auf schwarzem Grund. Irgendetwas blinkte regelmäßig. Lillys Blick fiel auf ein vorgedrucktes, mit der Hand ausgefülltes Formular, das mit einem Klebestreifen an der Außenwand des Inkubators angebracht war. Neben dem Geburtsdatum, Größe und Gewicht des Kindes stand dort auch der Name: Finn Maximilian.

Lillys Neffe.

Sofort suchte Lilly nach dem Formular auf dem zweiten Inkubator, doch sie wurde jäh durch ein lautes Piepsen des Monitors unterbrochen. Sie erschrak, sah zu Matheas Bett herüber, die jedoch weiterschlief. Hilflos ging ihr Blick zu dem Bildschirm, auf dem nun etwas schnell und rot blinkte. Sie machte einen Schritt in Richtung der Tür, die im gleichen Moment aufgeschoben wurde. Eine Schwester trat eilig herein und drückte einige Tasten auf dem Monitor, der sofort verstummte. Sie murmelte: „Keine Sorge, nur ein Sättigungsabfall". Im gleichen Augenblick verschwand sie wieder, und es blieb nur das monotone Summen der Geräte zurück. Lillys Herz schlug schneller, ihre Hände zitterten und zur Beruhigung setzte sie sich auf einen Stuhl.

Das andere Kind war ein Mädchen. Als Lilly ihren Namen las, Clara Lilly, musste sie schmunzeln, während ihr gleichzeitig Tränen in die Augen traten. Mathea hatte für den Namen Clara geschwärmt, seit sie als Kinder das Weihnachtsmärchen vom Nussknacker wieder und wieder gelesen und angesehen hatten. Es hatte eine Zeit gegeben, in der Mathea selbst unbedingt so heißen wollte und sich neuen Bekanntschaften gerne mit Clara vorstellte. Kein Wunder also, dass sie ihre Tochter so genannt hatte, es entlockte Lilly ein wissendes Lächeln. Dass Mathea als zweiten Vornamen den Namen ihrer Schwester ausgewählt hatte, rührte Lilly tief.

Sie sah ihre Nichte an. Auch sie lag so hilflos und winzig da, mit dunkelroter, schrumpeliger Haut, die die zarten Knochen bedeckte. Auch sie hing an unzähligen Schläuchen, von ihrem Gesicht war wegen der Beatmungsmaske und einer Art Augenbinde kaum etwas zu erkennen.

Den Anblick der Kinder empfand Lilly als anrührend und verstörend zugleich. Diese zerbrechlichen Wesen, die nur dank einer Fülle an Maschinen am Leben gehalten wurden, waren kleiner als Puppen. Dass in ihnen reelles Leben existierte, mochte man nicht für möglich halten. Kaum vorstellbar, dass in diesen Körpern Platz für alle Organe war, dass darin ein Herz schlug, und dass jemand tatsächlich in der Lage war, die kleinen Kanülen in Adern einzuführen, die dünn wie Bindfäden waren. Gleichzeitig empfand Lilly sofort eine familiäre Bindung, eine innige Liebe zu diesen Kindern, zu Matheas Kindern.

Sie registrierte beiläufig einen Tumult auf dem Gang, hörte laute Stimmen, doch wendete ihren Blick nicht von den Kindern ab, den verletzbarsten Wesen, die sie in ihrem Leben je gesehen hatte. Wie unwirklich, wie unendlich weit entfernt erschien ihr jetzt ihre Reise, die doch erst vor wenigen Stunden zu Ende gegangen war. Wie weit weg die Museen voller Bilder und ihre speziellen Gemälde, die ihr die Verluste der letzen Monate erträglich machen sollten. Alles, einfach alles, sogar die Distanz zwischen ihr und Mathea, die ihr so sehr zu schaffen gemacht hatte, verblasste auf dieser Krankenstation. Diese kleinen Wesen, die hier mit aller erdenklichen Hilfe am Leben klammerten, schienen jede irdische Sorge zu übertünchen. Robert, der amerikanische DJ, Florentins Jobangebot, ein neues Geschirr, ein gestohlener Rucksack – was zählten diese Dinge jetzt noch?

Lilly erhob sich und trat an ein Fenster, das zum Flur zeigte. Sie blickte den Gang entlang und sah, dass die ganze Station aus vielen gläsernen Wänden bestand, als würde sie sich in jede mögliche Richtung öffnen wollen.

Erde und Himmel.

Die lauten Stimmen kamen aus dem linken, hinteren Teil des Flures, zwei Ärzte schoben einen Brutkasten schnellen Schrittes vorbei, eine weinende Frau stütze sich auf ihren Begleiter. Die Schicksale und Dramen dieser Station, was mochten sie für Ausmaße haben.

Lilly fielen die Worte ihrer Cousine wieder ein, die gesagt hatte, der Tag werde kommen, an dem Mathea sich ihrer Verbundenheit erinnern, sie wieder brauchen würde. Sie sah sie an, ihre so vertraute

Schwester, blickte wieder hinüber zu den Kindern und dann auf den Flur. Sie ging auf und ab. Die nervöse Unruhe, die sie beim Betreten des Krankenhauses lähmend überfallen hatte, wollte nicht weichen. Die Minuten verstrichen nur langsam.

Nach einer langen Weile begann Mathea sich unruhig im Bett hin- und her zu wälzen. Lilly erwog, sie aus ihren schlechten Träumen zu wecken, doch plötzlich schlug sie von alleine die Augen auf, die matt aus einem völlig erschöpften, grauen Gesicht guckten. Als sie Lilly erblickte, huschte für einen kurzen Augenblick ein Strahlen durch das trübe Krankenzimmer, das für diese kurze Zeit hell leuchtete.

„Endlich bist du da", sagte Mathea und sank sofort wieder in einen unruhigen Schlaf.

19

Finn und Clara, so erfuhr Lilly noch in der gleichen Nacht von Mathea, waren im Grunde gesund. Aufgrund ihrer Frühgeburtlichkeit hatten sie jedoch mit einer ganzen Menge an Anpassungsschwierigkeiten zu kämpfen. Sie konnten weder selbstständig atmen, denn ihre Lungen waren noch nicht ausreichend ausgereift, noch Nahrung aufnehmen oder ihre Körpertemperatur halten. Es gab außerdem eine lange Liste mit möglichen Komplikationen, jederzeit könnten die schwachen Herzen oder die winzigen Organe versagen, es drohten potentielle Spätfolgen und so weiter.

Die Schwestern saßen gemeinsam auf Matheas Bett, tranken einen Tee, den der Nachtdienst gebracht hatte, und sahen immer wieder nach den Kindern. Mathea sprach von nichts anderem als der überraschenden Geburt und der Sorge um die Babys. Sie war in kurzer Zeit zu einer Expertin in Sachen Frühchen geworden, sprach mit den Ärzten und Schwestern schon eine Art Fachsprache und erklärte Lilly kompetent die Werte auf den Überwachungsmonitoren sowie viele weitere Details.

Einerseits erweckte sie einen aufgeräumten, fast besonnenen und starken Eindruck und konnte sachlich über die Situation ihrer Kinder sprechen. Dann wieder brach sie ganz plötzlich in Tränen aus, machte sich Selbstvorwürfe und konnte an einen guten

Ausgang der Dinge nicht glauben. Insbesondere die Ungerechtigkeit des Zufalls machte ihr zu schaffen.

„Warum passiert mir das, Lilly?", fragte sie dann, „warum passiert es ausgerechnet uns?"

Lilly ihrerseits spendete Trost so gut sie konnte, flößte ihrer Schwester Mut ein und hörte geduldig zu. Mathea zeigte sich dankbar. Ihre Freude über den Besuch der Schwester erschien aufrichtig, sie wirkte wahrhaft erleichtert, als könne sie erst jetzt, da Lilly bei ihr war, die harte Prüfung annehmen, die das Schicksal ihr gestellt hatte.

Als sei sie erst jetzt vollständig.

Über die vergangenen Monate verlor sie indes kein Wort. Nur sehr flüchtig streiften sie Themen wie Vaters Tod, Lillys Reise und alle anderen Ereignisse, die während ihrer emotionalen Trennung passiert waren. Es schien, als wolle Mathea nahtlos an die Zeit davor anknüpfen, als alles zwischen ihnen gut war. Auch Lilly hielt es in der gegebenen Situation für unangebracht, Fragen zu stellen. Zu sehr befürchtete sie einen Streit, unangenehme Wahrheiten und gegenseitige Vorwürfe. Jetzt zählte nur die Genesung der Zwillinge, alles andere musste warten.

Zudem waren die beiden nur selten für einen längeren Zeitraum alleine, denn häufig streckte jemand vom Klinikpersonal den Kopf zur Tür herein und sah nach, ob alles in Ordnung war. Lilly erfuhr, dass die Monitore, an die jedes einzelne Kind auf dieser

Station angeschlossen war, in einem zentralen Raum überwacht wurden. Spätestens alle paar Stunden erschien eine Kinderpflegerin und versorgte die beiden Frühchen rundum. Dazu zog sie lange, durchsichtige Handschuhe an und streckte die Arme durch zwei dafür vorgesehene Öffnungen in den Inkubator hinein. Mit einer Präzision, die Lilly sehr bewunderte, wechselte sie die Windeln, löste die Verbände und Manschetten, änderte die Lagerung der Kinder und kontrollierte alle möglichen Werte, die sie in dicke Akten eintrug. Auch Mathea durfte ab und zu einen desinfizierten Arm hindurch stecken und ihre Kindchen vorsichtig berühren.

So verging ein Tag wie der nächste. Die Stunden und Minuten krochen langsam voran, der Krankenhausdunst und die Sorgen um die Kinder hatten Schwermut ausgelöst, der die Zeit beinahe anhielt. Maximilian, die Mutter und Lilly wechselten sich mit ihren Besuchen auf der Station ab, doch meistens wollte Mathea ihre Schwester bei sich haben. Sie schliefen alle vier nicht mehr regelmäßig und unterschieden in den abgedunkelten Räumen kaum zwischen Tag und Nacht. Sie aßen mal eine Kleinigkeit in der Krankenhauskantine, mal am Buffet des Besucherraumes oder im Hotel, in das Lilly hin und wieder ging. Flüchtig trafen sie einander auf den Fluren und tauschten sich stets nur über die Befindlichkeiten der Kleinen aus. In Windeseile waren sie alle so sehr Teil dieses Mikrokosmos' geworden, dass das Leben außerhalb der Krankenhausmauern nur noch fragmentarisch existierte.

Obwohl Mathea in der Zwischenzeit von ihrem Gynäkologen offiziell entlassen worden war – die Nachuntersuchung hatte bei ihr einen komplikationsfreien Heilprozess ergeben – verließ sie das Krankenhaus nicht einmal für eine Stunde. Dinge, die sie benötigte, ließ sie sich von Maximilian mitbringen oder beauftragte die Mutter mit kleinen Einkäufen. Nur selten ließ sie sich überreden, wenigstens für ein paar Minuten an die frische Luft zu gehen.

„Schön, dass du da bist.", sagte Mathea eines Tages mal wieder zu Lilly, die gerade auf einem der Stühle im Krankenzimmer saß und im Dämmerlicht in einer Zeitschrift blätterte.

„Schön, dass du wieder da bist. Ich habe dich vermisst.", gab Lilly ohne Nachdenken zurück und Mathea wusste sofort, was gemeint war.

Sie sah eine kurze Weile ins Nichts und überlegte, dann holte sie tief Luft und holte zu einem Vortrag aus, bei dem sie keine Unterbrechung duldete.

„Die Welt hat sich an dem Tag verändert, als ich mich in Maximilian verliebt habe. Mir war sofort klar, dass alle Beziehungen, die ich zuvor hatte, keine richtige Liebe gewesen sein konnten, denn das war vollkommen anders. Es war so neu, so selbstverständlich. Maximilian und ich gehören zusammen, das war und ist ein wunderschönes Gefühl für mich und gleichzeitig ist es schrecklich. Denn dieser Platz in meinem Leben war zuvor von dir besetzt, verstehst du?"

Lilly wollte einwerfen, dass sie es nicht so ganz
verstand, doch Mathea ließ sie nicht zu Wort kommen. Sogleich fuhr sie fort.

„Klar, alle würden sagen, dass man sowohl einen
Mann als auch eine Schwester haben kann, mit denen man sehr eng verbunden ist, und das ist natürlich prinzipiell auch richtig. Aber mich hat es komplett verwirrt. Ein Leben lang warst du meine erste
Adresse für alles Mögliche, für Kummer und Probleme, für alles Schöne, jede Sorge. Mit allem bin ich
zu dir gekommen. Und dann war da auf ein Mal
Maximilian. Es klingt so verrückt, ich weiß, aber ich
habe das irgendwie nicht zusammenbringen können. Ich habe gedacht, dass ich ihn betrüge, wenn
ich weiterhin mit dir so eng bin. Oder umgekehrt.
Ich hatte plötzlich bei allem, was mich bewegte, das
Bedürfnis, es Maximilian zu erzählen, das kam mir
wie Verrat an dir vor, Lilly. Verstehst du das Para-
doxe daran? Eine Situation, die mich eigentlich hätte
glücklich machen sollen, machen müssen, hat mich
gequält."

Lilly war aufgestanden und stand inzwischen neben Finns Wärmebettchen, und Mathea war während ihrer Rede im Zimmer auf und ab gegangen.
Jetzt stellte sie sich vor Lilly und ergriff ihre Hände.

„Das ist eine Liebeserklärung an dich, hörst du?
Ich werde das in den Griff kriegen, ich verspreche
es. Ihr gehört beide zu mir, so einfach ist das. Ich bin

das Problem, aber ich finde eine Lösung. Bitte vergib mir, dass ich erst jetzt mit dir darüber spreche, ich brauchte die Zeit. Alles wird wie früher, ganz bestimmt."

Für einen Moment wurde es im Zimmer ganz still. Das sollte alles gewesen sein? Darüber hatte sich Lilly so lange den Kopf zerbrochen? Eine simple Verwirrung, die Mathea zu schaffen machte, weil sie das Glück hatte, einen liebenden Partner und eine vertraute Schwester zu haben? Das klang wirklich verrückt. So simpel und verdreht.

Aber Lilly spürte, dass Mathea darunter gelitten hatte, dass es ihr unangenehm war, die Dinge auszusprechen, dass sie es nur tat, um die Geschichte zu einem Ende zu bringen. Es würde Lilly leicht fallen, Mathea zu vergeben, denn das war alles, was sie sich wünschte. Mochte sie den Grund auch etwas unverständlich finden, so war es eben nun mal. Menschen waren komplizierte Wesen mit Eigenarten und Gefühlen, die sich manchmal nicht eindeutig kategorisieren lassen konnten.

„Alles wird gut", wiederholte Lilly leise und drückte die Hände ihrer Schwester fest.

Sie umarmten einander und das Glück, was beide dabei empfanden, schien aus ihren Körpern herauszutreten und die Krankenstation zu fluten, so groß war es. Sie drückten sich und beschlossen einträchtig, nicht weiter über die verlorene Zeit zu sprechen, sondern nach vorne zu blicken. Was waren schon ein paar verstrichene Monate im Vergleich zu einem ganzen gemeinsamen Leben, das ihnen noch blieb. Sie hingen beide einen Moment lang ihren Gedanken nach, jede der beiden erinnerte sich auf ihre Weise an die letzten Wochen. Dann fiel ihr beider Augenmerk auf den schlafenden Finn.

„Schau mal, er lächelt", sagte Lilly, und Mathea nickte mit liebevollem Blick.

Im selben Moment schlug der Monitor Alarm. Sie hatten sich inzwischen alle angewöhnt, nicht mehr zu erschrecken, denn meistens war das Piepsen harmlosen Ursprungs. Doch diesmal verweilte die Krankenschwester länger als gewöhnlich am Bettchen des Jungen, das Geräusch verstummte nicht, was immer sie auch tat. Rasch rief sie die Ärzte herbei. Durch die Menschentraube, die sich in Sekundenschnelle um den Inkubator bildete, konnte Lilly nicht erkennen, was die Ärzte taten, doch ihre Aussagen und knappen Anweisungen klangen besorgniserregend. Sie saß mit Mathea auf dem Bett und hielt sie fest im Arm, denn diese hatte begonnen zu weinen.

„Was ist denn los? Was hat er?", fragte sie pausenlos, doch sie erhielt keine Antwort.

Schließlich schoben sie den Inkubator durch die Schiebetür auf den Flur hinaus und brachten ihn fort. In einen Operationssaal? In ein Untersuchungszimmer? Einer nach dem anderen verließ den Raum, sie verließen ihn eilig, verließen ihn wortlos.

Und es verließ sie für immer das Kind.

20

Finns Tod versetzte sie alle in eine tagelange
Schockstarre. Lilly durchlebte wieder und wieder in
Gedanken die Kuriosität, dass das Kind in genau
dem Augenblick gegangen war, in dem sie sich mit
Mathea versöhnt hatte, in dem endlich wieder ihre
alte Nähe zu spüren gewesen war. Als habe der
Junge den Frieden im Zimmer gefühlt und den
Moment für günstig befunden.

Mathea und Maximilian trauerten sehr leise. Sie
schienen wie gelähmt. Teilnahmslos hörten sie den
Ärzten zu, die erklärten, Finns winzig kleines Herz
sei einfach zu schwach gewesen. Sie nahmen an den
Trauerangeboten der Klinik teil, die von Ferne hilf-
reich und liebevoll erschienen und doch nicht trösten konnten. Manchmal sprachen sie mit anderen
Eltern, die gleiches erlebt hatten, oder mit dem Seel-
sorger des Krankenhauses. Am besten erging es beiden jedoch in der Nähe ihrer Tochter, die nun ihr
ganzer Halt wurde. Clara hatte zwei Tage lang eine
deutliche Unruhe gezeigt und selbst genug Anlass
zur Sorge gegeben, seitdem ging es mit ihr stetig
aufwärts.

Die Mutter und Lilly führten ein langes Gespräch
in der Abgeschiedenheit ihres Hotelzimmers. Beide
hatten in den vergangenen Wochen ihre Leben stabilisiert, jede hatte auf ihre eigene Weise versucht,
die Trauer zu überwinden und zu neuen Ufern auf-

zubrechen. Der Tod des Enkels und Neffen schmerzte sie sehr, doch sie waren nicht bereit, den Berg, den sie just mühsam erklommen hatten, ungebremst wieder hinunterzugleiten. Mit aller Macht wollten sie sich dagegen stemmen.

„Wir dürfen uns davon nicht so sehr herunterziehen lassen", die Mutter bemühte sich um Tapferkeit. „Wir müssen Vorbild sein für Mathea und Maximilian, denn sie brauchen ihre Kraft für die kleine Clara. Und wir müssen unsere eigenen Leben im Blick behalten, das ist wichtig."

Lilly verstand, was ihre Mutter meinte, und sie teilte die Auffassung. Zu mühsam war der steinige Weg gewesen, als dass sie diesen nochmals bewältigen könnten und wollten. Sie berieten, was zu tun sei, wie sie sich verhalten sollten. Die Mutter beschloss, alsbald nach Hause zurückzureisen. Sie versprach häufige Besuche, doch wollte sie all ihre Vorhaben wirklich in die Tat umsetzten und auf keinen Fall wieder in lähmende Trauer und Lethargie verfallen.

„Damit ist niemandem geholfen. Das Leben geht weiter.", konstatierte sie.

Lilly erklärte, dass sie die wenigen Tage bis zum Ende ihres Urlaubs noch in Hamburg verbringen wollte. Sie hatte das Gefühl, dass ihre Unterstützung für Mathea eine große Hilfe war, und sie wollte sie ungern gleichzeitig mit der Mutter verlassen. Nur im Stillen gestand sie sich ein, dass auch sie selbst

Matheas Gesellschaft genoss, auch wenn diese in keiner guten Verfassung war. Die Mutter sprach noch ein paar mahnende Worte und erinnerte Lilly daran, auch auf sich selbst zu achten. Dann packte sie ihren Koffer.

Lilly traf Maximilian zufällig in der von ihr so verhassten Eingangshalle der Klinik, die jeden Tag aufs Neue düstere Erinnerungen weckte.

„Mathea ist gerade eingeschlafen. Ich bin froh, dass sie mal zur Ruhe kommt. Mit Clara ist alles in Ordnung.", berichtete er.

Lilly hatte ihn noch nie zuvor allein angetroffen und merkte, dass sie sich etwas unwohl fühlte. Dennoch willigte sie auf sein unerwartetes Angebot ein, mit ihm einen Kaffee trinken zu gehen. Sie verließen das Krankenhaus und gingen zu einem hübschen Café, das unweit gelegen war. Während Lilly anfangs noch eine leichte Unsicherheit verspürte, erwies sich Maximilian als überaus galanter Begleiter, er war zuvorkommend und freundlich. Um seine sonst fröhlichen Augen jedoch lagen tiefe Schatten, denn auch er war völlig übermüdet und von Trauer gezeichnet.

„Wie geht es dir?", fragte Lilly, nachdem sie einen Tee und Kuchen bestellt hatten.

„Bei mir wird es etwas besser, der erste Schreck ist überwunden. Ich mache mir Sorgen um Mathea."

„Sie wird sich auch fangen, ganz bestimmt. Sie ist robust und stark, wie unsere Mutter.", obgleich sie selbst nicht ganz sicher war, wie ihre Schwester mit dem Verlust zurechtkommen würde.

„Hoffentlich.", Maximilian rieb sich mit der Hand über die müden Augen, und Lilly fuhr fort.

„Sie kennt sich so gut aus mit Problembewältigung, damit hat sie doch tagtäglich zu tun. Sie weiß alles über die besten Strategien und Methoden. Und wer schon so viel Kummer in der Welt beseitigt hat, der kommt zurecht. Du wirst sehen, sie ist sehr, sehr resilient. Sie hat dich, uns, die kleine Clara, ein so stabiles Umfeld. Natürlich ist sie jetzt sehr traurig, aber sie wird es schaffen."

„Du hast wahrscheinlich recht."

„Sie braucht noch Zeit, das ist doch klar."

„Weißt du, das Unglück ist so unerwartet über uns hereingebrochen, wir waren so glücklich und überhaupt nicht vorbereitet auf diese ganze Katastrophe."

„Ich weiß genau, was du meinst. So ist es uns mit unserem Vater auch ergangen. Was so plötzlich kommt, jagt einem einen fürchterlichen Schreck ein. Wie sehr hätte ich mir gewünscht, dass er uns eingeweiht hätte…"

„Das ist aber auch nicht unbedingt leichter, kann ich dir aus eigener Erfahrung berichten. Ich habe vor einigen Jahren meine Mutter verloren, sie ist an

Krebs gestorben. Es war ein langsamer, qualvoller Tod, und ich habe sie die ganze Zeit begleitet. So etwas wünsche ich niemanden, es ist schlimm, jemanden so leiden zu sehen."

„Oh, das tut mir leid.", Lilly bemerkte erschrocken, wie wenig sie über Maximilian wusste. Sie hatte ihn bei ihren wenigen, meist kurzen Treffen nur flüchtig kennengelernt. Dabei war ihr zwar sein feiner Humor aufgefallen, ansonsten hatte sie ihn, womöglich aufgrund seiner zurückhaltenden Art, als etwas oberflächlich eingestuft.

Er schien ihre Gedanken zu lesen und sah sie lange an.

„Soll ich dir davon erzählen?", fragte er vorsichtig. „Ich meine, wir kennen uns kaum, das ist doch schade. Ich weiß von deinem engen Verhältnis zu Mathea und auch, dass ich da einiges durcheinander gebracht habe. Es hat euch beiden sicher weh getan, das tut mir sehr leid. Natürlich habe ich nicht gewollt, dass es ausgerechnet meinetwegen Probleme gibt, und ich freue mich, dass ihr euch nun wieder annähert."

Sofort wirkte er erleichtert, als habe ihm dies auf der Seele gebrannt. Er schien froh, dass er endlich Gelegenheit hatte, es anzusprechen.

„Ich habe nicht gewusst, was Matheas Problem war, sie hat es mir erst vor ein paar Tagen gesagt.", erklärte Lilly.

„Ich weiß, mir hat sie es auch nicht sofort erzählt. Schön, dass nun alles ausgesprochen ist."

„Das finde ich auch."

Doch Maximilian war noch nicht fertig. Lilly merkte, dass ihm noch mehr auf dem Herzen lag. Er begann, ausführlich von dem Leidensweg seiner Mutter zu erzählen, von ihrer Krankheit und der Rolle, die er dabei gespielt hatte. Lilly merkte, dass der Tod seines Sohnes ihm sehr zusetzte und die Erinnerungen an die Leidenszeit seiner Mutter hervorrief. Sicherlich wollte er Mathea mit all dem nicht zusätzlich belasten, daher war er nun froh, in Lilly eine Zuhörerin gefunden zu haben. Diese wiederum war glücklich darüber, auf diese Weise mehr über Maximilian zu erfahren. Sie fühlte sich von Minute zu Minute wohler in seiner Gesellschaft und verstand zunehmend, was Mathea an ihm gefiel. Er schien ein ruhiger, besonnener Mann zu sein, was sicherlich ein guter Ausgleich zu Matheas eigenem Temperament war.

Er redete und redete, fragte ab und zu nach, ob dies ihr recht sei, und Lilly antwortete dann, dass sie ihm gerne zuhöre. Seine Geschichte war zwar traurig, doch zeugte sie auch von einer warmen, intensiven Mutter-Sohn-Beziehung. Sie charakterisierte Maximilian als fürsorglichen Familienmenschen, der sich voller Empathie für die Belange seiner Lieben einsetzte.

Als er fertig war, schwiegen sie beide eine Weile

und aßen ihre Kuchenreste auf. Dann schob Maximilian seinen Teller beiseite und grinste verlegen.

„Und dann habe ich mein Leben geändert", sagte er.

Lilly horchte interessiert auf und blickte ihm in die Augen.

„Ach ja? Was hast du geändert?"

Er sah auf die Uhr.

„Hast du noch Zeit?"

Lilly war auf dem Weg zu Mathea gewesen, wollte diese aber so lange wie möglich ungestört schlafen lassen. Außerdem fand sie es gut und wichtig, etwas Zeit mit Maximilian zu verbringen.

„Habe ich."

Maximilian sagte, er müsse kurz zwei dringende Telefonate führen, stand auf und entschuldigte sich. In dem Moment, in dem er sich erhob, fiel Lilly schlagartig ein Gemälde zu ihm ein. Schnell zog auch sie ihr Telefon aus der Tasche und suchte im Internet nach dem Bild, das ihr nur schemenhaft im Gedächtnis war, aber plötzlich eine gewaltige Assoziation zu Maximilian auslöste. Sie gab ein paar Schlagworte in eine Suchmaschine ein und fand es schnell. Sie wollte sich schnellstmöglich versichern, ob sie richtig lag, ob dieses Werk tatsächlich das Passende für ihn sei.

In den vergangenen Tagen hatte Lilly so viele

Bildassoziationen erlebt, dass ihr ganz schwindelig geworden war. Der weißbärtige Chefarzt, der durch die Flure schwebte wie Gottvater in Michelangelos ‚Erschaffung Adams‘, die Nachtschwester, die Botticellis Venus wie aus dem Gesicht geschnitten war. Und immer wieder erinnerte sie die ganze Szenerie auf der Kinderstation an Edward Hoppers ‚Nighthawks‘. Das Bild war ihr sehr präsent, denn sie hatte sich das Original in Chicago lange angesehen. Sie wusste, dass Hopper dieses Bild unter dem Eindruck des für Amerika mit Pearl Harbour beginnenden Weltkrieges gemalt hatte, und genau da sah sie die Gemeinsamkeiten: Die Bestürzung über das Unerwartete, das Plötzliche, die trostlose Stimmung und die Angst vor einer möglicherweise düsteren Zukunft war hier wie dort in den Gesichtern zu sehen. Obgleich es eine große Solidarität gab, die in beiden Fällen alle miteinander verband, fühlte sich jeder einzelne hilflos und einsam und hing oft den eigenen Gedanken nach. Die Stimmung, die das Werk ausstrahlte, empfand Lilly bei jedem einzelnen Gang über die Flure dieser besonderen Krankenstation.

Weltkrieg hier, Frühchenstation da.

Hoffen und Bangen.

Entrissen aus der Normalität.

Leben und Tod.

Doch aus der Bilderflut in Lillys Kopf stach nun nur noch eines heraus, nämlich Maximilians Bild, das sie sich nun ansah. Das Bild mit dem Titel „Knabe mit Pfannkuchenmaske" von Godfried Schalcken aus dem späten 17. Jahrhundert zeigt einen Jungen, der an einem Tisch sitzt und einen Pfannkuchen in der Hand hat. Diesen hält er mit beiden Händen dem Betrachter entgegen, nachdem er vorher offenbar vier Löcher hinein gebissen hat, die dem Pfannkuchen das Aussehen einer Maske verleihen. Der Junge selbst blickt den Betrachter schelmisch an, er hat den Kopf geneigt, seine Augen sind weit geöffnet. Das gesamte Bild ist in dunklen Farbtönen gehalten, Licht fällt einzig auf das grinsende Gesicht des Knaben, der sich über seinen Scherz mit der Pfannkuchen-Maske zu freuen scheint, und den Pfannkuchen selbst, den der Knabe über einen Zinnteller hält. Der gesamte Hintergrund bleibt düster.

Lilly überlegte, was daran mit Maximilian übereinstimmte. Es war zum einen das Lustige seines Wesens, das jedem sofort auffallen musste. Selbst Lilly, die ihn kaum kannte, war seine humorvolle Art bereits früh aufgefallen. Sie wirkte fast etwas kindlich, spitzbübisch, sehr liebenswert. Ebenso erschien der Knabe auf dem Gemälde. Doch das war nur die eine Seite der Medaille. Denn auch die Maske bildete für Lilly einen eindeutigen Bezug zu Maximilian. Es war nicht so, dass er sich vor seinem Gegenüber hinter einer Maske versteckte, diesen täuschen oder gar erschrecken wollte, sondern eher eine unbeabsichtigte Zweideutigkeit seines Wesens. Denn erst auf den zweiten Blick offenbarte sich hinter dem oberflächlich wirkenden Maximilian sein wahrer Kern. Sicher, Mathea war es anders gegangen, sie hatte die Wahrheit schneller erkannt, aber aus Lillys Sicht war es nun einmal so. Auch der unklare, sehr dunkle Hintergrund passte für sie gut, verkörperte er doch all das, was sie über Maximilian noch nicht wusste, was sie aber in Zukunft noch herauszufinden wünschte.

Ja, dieses Bild passte wunderbar, befand Lilly, die eine innere Zufriedenheit darüber spürte, Matheas Freund nun besser einschätzen zu können. Sie war geradezu erleichtert, dass ihr endlich auch zu ihm ein Kunstwerk eingefallen war, als machte erst dies einen Menschen vollkommen. Schnell klickte sie das Bild weg, als Maximilian wieder an ihren Tisch trat, sich setzte und ohne Umschweife zu erzählen begann.

„Früher war ich als Unternehmensberater tätig", fing er an und runzelte dabei die Stirn als beichte er eine fürchterliche Sache.

„Ja, ich erinnere mich", sagte Lilly, die wusste, dass er Betriebswirt war.

„Ich habe pausenlos gearbeitet und war ständig auf Reisen. Montags bin ich mit meinem Koffer losgezogen und freitags in eine leblose, kalte Wohnung zurückgekehrt, nur um kurz darauf wieder weg zu müssen. Klar, es gab gutes Geld, interessante Begegnungen, ich habe viel von der Welt gesehen. Aber hat es mich glücklich gemacht?"

Er machte eine Pause, beide kannten sie die Antwort.

„Ich habe keine Ahnung, wie diese Leute ein normales Leben nebenher führen, Familien gründen oder einfach Dinge tun, die ihnen wichtig sind. Dafür hat man schlichtweg keine Zeit."

„Das hast du gemerkt und dich neu orientiert?"

„Nein, ich habe es nicht bemerkt, das ist ja das Schlimme!", rief Maximilian aus. „Ich habe es für richtig befunden. Ein normales, karriereorientiertes Leben, das halt seine Vor- und Nachteile hat, so dachte ich. Man ist so in diesem Mühlwerk drin, dass einem nicht auffällt, was man eigentlich versäumt. Dieses Aufgesetzte, das Arbeiten für anderer Leute Belange, die endlosen Abende an der Bar im dunklen Anzug mit Gesprächen, die doch nur an der Oberfläche kratzen... Das alles erschien mir erst dann so sinnentleert, als ich mit dem Wesentlichen konfrontiert wurde. Damals, als meine Mutter krank wurde, habe ich mich mit vielen Themen auseinandergesetzt: Krankheit, Schmerz, Leiden. Am meisten hat mich allerdings die Tatsache getroffen, wie schnell alles vorbei sein kann. Die kurze Zeit, die man lebt, ist viel zu schade für halbherzig verbrachte Zeit. Und in meinem Job war ich nie mit dem ganzen Herzen dabei. Ich fand plötzlich, dass man seine Träume sofort verwirklichen muss, nicht erst, wenn der Zeitpunkt stimmt. Denn womöglich kommt der richtige Moment nie, und die Chance ist für immer vertan. Nach dem Sabbatjahr, das ich für meine Mutter genommen hatte, habe ich dann alles beendet. Es ging einfach nicht mehr."

Lilly gab einen Verständnis signalisierenden Ton von sich und nickte langsam, dann fragte sie: „Was machst du jetzt?"

„Jetzt habe ich ein Geschäft für individualisierten Wassersportbedarf. Das ist meine Passion. Segeln, Surfen, Rudern. Das war insgesamt auch ein sehr aufwändiges Projekt, zudem ein unsicherer Sprung in die Selbstständigkeit. So ein Startup macht viel Arbeit, doch inzwischen läuft es ganz gut. Ich arbeite immer noch viel, aber ich habe gute Mitarbeiter und kann mir alles besser einteilen. Jetzt tue ich etwas, was mir sinnvoll erscheint und Freude bereitet, das ist mir wichtig. Sinn und Freude."

„Sinn und Freude.", wiederholte Lilly leise.

Sie war beeindruckt von Maximilians Geschichte. Eigentlich, dachte sie, ist es doch immer dasselbe. Es muss erst etwas Grundlegendes passieren, bis die Leute auf die Idee kommen, ihr Leben zu hinterfragen und Änderungen vorzunehmen. Doch wie viele machen es dann wirklich? Nachhaltig und erfolgreich? Wer optimiert sein Leben von Zeit zu Zeit? Maximilian jedenfalls hatte die Chance genutzt.

Lilly wurde nachdenklich.

„Es ist heilsam, wenn aus etwas so Traurigem etwas Gutes entsteht, finde ich.", sinnierte sie.

Maximilian erzählte noch ein wenig von der Zeit,

in der er wirklich unglücklich über sein Leben war, was der Tod der Mutter nicht ausgelöst, sondern nur verstärkt hatte. Darüber, wie er dann an seinem Geschäftskonzept gearbeitet hatte, seine Lebensgeister langsam zurückkehrten, er zudem Mathea traf und sich alles zum Guten wendete. Erst dann realisierte er endgültig, wie bedrückend sein altes Leben für ihn gewesen war.

„Es darf nicht wieder passieren, Lilly, verstehst du?", sagte er.

Und Lilly verstand. Es war genau das, was die Mutter vor ihrer Abfahrt gemeint hatte. Auch Maximilian hatte sich aus seinem Unglück heraus gekämpft und wollte keine weiteren Tiefpunkte zulassen. Mit dieser Einstellung würde er auch den Tod seines Sohnes verkraften. Lilly wurde schlagartig klar, dass Mathea nur umgeben war von Menschen, die gerade sehr um Glück, Zufriedenheit und Erfüllung bemüht waren. Wie sollte sie da keinen Halt finden und untergehen in ihrer Trauer? Niemand würde das zulassen.

Schließlich zahlte Maximilian die Rechnung, und sie traten hinaus auf die Straße. Ihr spontanes Treffen hatte lange gedauert, und beiden hatte das offene Gespräch sehr gut getan. Sie dankten einander für die ehrlichen Worte und verabschiedeten sich schließlich, bevor jeder seines Weges ging.

Lilly spazierte langsam zum Krankenhaus, während sie Maximilians Geschichte noch immer bewegte. Als sie das Krankenzimmer betrat, war Mathea hellwach. Sie lag vor Glückseligkeit strahlend in einer Art Liegestuhl, und auf ihrer Brust lag zum ersten Mal die kleine Clara, um die sie ihre Arme fest geschlungen hielt.

21

Reisetagebuch

Intercity Hannover – Hamburg, 28. Juli

Manchmal muss man eben Dinge tun, die weder dem eigenen Naturell entsprechen, noch auf den ersten Blick vernünftig erscheinen. Und manchmal muss man den eigenen Entscheidungen Raum geben und Zeit lassen, so dass sie ihre Notwendigkeit und Richtigkeit erst im Nachhinein unter Beweis stellen können.

Als sich mein Urlaub dem Ende zu neigte, und ich Mathea mit einem guten Gefühl alleine lassen konnte, fuhr ich nach Hause zu Mutter. Nach so langer Zeit war es ein merkwürdiges Gefühl, in ein Zuhause zu kommen, das eigentlich keines war. Es mutete an, als käme ich ein weiteres Hotel, an einen eher anonymen Ort, an dem ich meine wenigen Dinge so verteilte, dass es halbwegs gemütlich wurde.

Mein Plan hatte nach dem Gespräch mit Maximilian zu reifen begonnen, die endgültige Entscheidung fällte ich aber erst in dem Moment, in dem ich die Kanzlei erstmals wieder betrat. Während ich die marmorne Eingangshalle durchquerte, die ersten Kollegen grüßte, den Lift in die fünfte Etage nahm und über den flauschigen Teppich zu meinem Büro schritt, war es klar. Alles rundum fühlte sich dort derart falsch an, dass ich den Seniorpartner umgehend um ein Gespräch bat und ihm meinen Ent-

schluss mitteilte.

Ich kündigte.

Ohne Plan B, ohne Absicherung.

Aber auch ohne Angst, sondern mit einem neuen Vertrauen in eine schöne Zukunft.

Ich erntete weder Verständnis noch Unverständnis. Meine Entscheidung wurde zur Kenntnis genommen, als wäre sie nach der Auszeit eine logische Konsequenz. Natürlich blieb ich noch einige Zeit, um meine Sachen zu ordnen und alles solide zu hinterlassen. Mit jedem Tag, den ich in der Kanzlei verbrachte, wurde ich mir hinsichtlich der Entscheidung weniger unsicher. Ich begann, mich auf die Zeit zu freuen, in der ich nicht länger mit Mandanten, Anwälten und rechtlichen Entscheidungen, die mir zuweilen bedeutungslos erschienen, den Tag verbringen müsste.

Sinn und Freude. Maximilians Worte begleiteten mich wie ein Appell an mich selbst, kluge Entscheidungen zu treffen. Ich wiederholte sie gleich einer magischen Formel, wenn sich doch einmal Zukunftsängste und Unsicherheiten aufdrängten, gegen die ich in keiner Lebenssituation gefeit zu sein scheine.

Schließlich kam der Tag, an dem ich mich von allen verabschiedete. Von den Kollegen, dem Büro und womöglich für eine längere Zeit auch von der Rechtswissenschaft. Es fiel mir leicht. Es war kein sonderlich herzlicher Abschied, denn die Kollegen waren in Eile, hatten ihre eigenen Termine und Sorgen, aber immerhin kamen sie auf ein freundliches, kurzes ‚Lebewohl' vorbei.

Nach einigem Ringen mit mir selbst meldete ich mich bei Robert. Ich wollte mein Versprechen einlösen und mich mit ihm zum Mittagessen verabreden. Zögerlich ließ er sich darauf ein, um dann, als der Tag gekommen war, doch wieder abzusagen. Mir machte es nichts aus, es war mir sogar lieber so. Wir hätten uns nicht viel zu sagen gehabt, es wäre nichts als ein Abschied nach dem Abschied gewesen, sinnlos folglich.

In Mutters Wohnung sortierte ich das Wenige, was ich noch hatte. Im Endeffekt passte nun alles in wenige Taschen und Kisten. Ich sah nochmal die Bücherkartons durch, und mich ergriff eine große Sehnsucht nach ausgedehnten Tagen in Museen und Galerien. Also besuchte ich alles, was in der Nähe war, und fühlte mich zwischen all den Bildern und Kunstwerken sehr wohl.

Ein ungekanntes, auch leicht beunruhigendes Gefühl der Freiheit machte sich breit. Etwas Neues konnte beginnen.

Doch was?

Als ich ein paar Stellenanzeigen durchsah, fiel mir auf, dass meine Zukunft an jedem Ort der Welt liegen könnte. Eine Freiheit, die die Möglichkeiten ins schier unendliche ausdehnte, was die Auswahl kompliziert machte. Ich rechnete, wie lange ich ohne Job auskommen könnte, und beschloss, bis Ende des Jahres eine Entscheidung treffen zu wollen.

Eilig hatte ich es nicht.

Alles war möglich.

Mutter sah ich nur wenig, denn sie war mit allem Mög-

lichen beschäftigt und blühte mehr und mehr auf. Vom Hof sprach sie kaum noch, wahrscheinlich fuhr sie nicht einmal mehr dort vorbei. Sie machte es richtig, denn das neue, kurzweilige Leben tat ihr sichtbar gut.

Meine Reise, das wurde klar, verlängerte sich also. Ich beschloss zunächst, wieder nach Hamburg zu fahren, um Mathea noch ein bisschen beizustehen und in der für sie schwierigen Zeit zu unterstützen. Und so sitze ich also wieder in einem Zug, der ungewissen Zukunft entgegen.

22

Lilly kam an einem hochsommerlichen Tag in Hamburg an und bezog das kleine Gästezimmer in der Wohnung von Mathea und Maximilian. Sie hatte das Angebot gerne angenommen, sparte sie doch so die Hotelkosten und hatte gleichzeitig ein wenig Gesellschaft. Es herrschte allseits gute Laune. Clara hatte sich in den letzten Wochen, nachdem sie einige Rückfälle und Schwächephasen überstanden hatte, stabilisiert. Sie benötigte inzwischen keine Atemhilfe mehr und war just von ihrem Inkubator in ein Wärmebettchen umgezogen, in dem sie nun noch aufgepäppelt wurde. Sie sah immer noch klein und zerbrechlich aus, ähnelte aber zunehmend einem normalen Neugeborenen. Ihre Fortschritte gaben Anlass zu der Vermutung, dass ihre frühe Geburt keinerlei Folgen für ihre gesundheitliche Entwicklung haben würde. Diese gute Nachricht versetzte die Eltern in eine erleichterte, hoffnungsfrohe Stimmung.

Mathea verbrachte immer noch die meiste Zeit bei ihrer Tochter, aber sie kam inzwischen auch häufiger nach Hause, ruhte sich dort aus und blieb ab und zu über Nacht. Lilly begleitete sie oft in die Klinik, freute sich aber auch sehr darüber, außerhalb der Krankenhausmauern mit ihrer Schwester Zeit zu verbringen. Sie spazierten um die Alster und am Elbstrand entlang oder bummelten in der Stadt umher. Manchmal konnte Lilly Mathea sogar zu dem Besuch einer Ausstellung überreden. Dabei vermied sie es, das Museum aufzusuchen, in dem Florentin arbeitete.

Befürchtete sie, ihm zu begegnen?

Warum?

Sie wusste es selbst nicht.

Allerdings begann sie eines Tages, Mathea von ihm zu erzählen. Sie spazierten gerade über den Friedhof, um Finns Grab zu besuchen, die Sonne schien von einem wolkenlosen Himmel. Mathea hatte sich von Zeit zu Zeit nach einigen Details der Reise erkundigt, und neulich hatte Lilly die Episode mit dem DJ in Chicago zum Besten gegeben. Diese hatte Mathea derart amüsiert, dass Lilly nun beschloss, ihr auch von Florentin zu erzählen, nicht zuletzt, um keine allzu traurige Stimmung zwischen den sonnenbeschienenen Grabmälern aufkommen zu lassen.

„In Paris habe ich einen Hamburger Museumskurator kennengelernt.", sagte sie unvermittelt, als die beiden auf den Weg in Richtung der Sternengräber abgebogen waren.

Mathea zog die Augenbrauen hoch und ihr interessierter Blick verriet Lilly, dass sie doch nicht so beiläufig geklungen hatte wie beabsichtigt. Trotzdem fuhr sie fort:

„Ein wahnsinnig netter Typ, beeindruckend zugewandt, interessiert, charmant…"

Und dann erzählte sie. Von ihrem ersten Treffen, vom Wiedersehen in dem französischen Bistro, von Florentins klaren Vorstellungen von der Liebe und vom Leben und von ihrem gemeinsamen Interesse an der Kunst. Auch den Job, den er ihr angeboten hatte, erwähnte sie.

„Lilly?", unterbrach Mathea sie irgendwann mit ungläubigem Kopfschütteln.

„Ja?"

„Wieso triffst du ihn nicht? Du bist seit Tagen in der Stadt, hast so viel Zeit! Du musst dich nicht pausenlos um mich kümmern."

„Das weiß ich doch, ich verbringe gerne Zeit mit dir!"

„Du magst ihn. Das merke ich.", neckte Mathea ihre Schwester grinsend.

„Unsinn. Also, ja, er war nett, aber ich kenne ihn doch kaum…"

„Trotzdem. Melde dich doch mal bei ihm!"

„Ja, vielleicht tue ich das bald.", beendete Lilly das Thema und sah ihre Schwester vorsichtig von der Seite an. Inzwischen standen sie nämlich vor dem noch frisch bepflanzten Grab des Kleinen. Sie schwiegen eine Weile, und Lilly befürchtete, dass Mathea von einer neuen Welle der Traurigkeit erfasst werden könnte. Doch diese zeigte sich tapfer, sie ergriff nach einer Weile Lillys Hand und drückte sie fest.

„Er ist jetzt bei Papa.", sagte sie leise, „Und da ist er bestens aufgehoben."

Es hatte Maximilian und Lilly viel Überredungskunst gekostet, aber dann entschied sich Mathea endlich dazu, mitzukommen. Sie waren mit Freunden zum Abendessen in einem neuen Restaurant im Schanzenviertel verabredet, doch Mathea hatte zunächst kein gutes Gefühl gehabt. Wie sollte sie sich amüsieren, während ihre Tochter im Krankenbett lag? Zum Glück befanden sowohl Maximilian als auch ihre Schwester, dass es dringend Zeit für Abwechslung und Zerstreuung sei, und schließlich war Clara in den besten Händen.

Nach behutsamem Zureden hatte Mathea schließlich eingewilligt und sogar noch einige Arbeitskollegen dazu gebeten, so dass es eine große Runde wurde. Außer den Kollegen kamen einige befreundete Paare dazu, doch Lilly kannte niemanden. Einzig einen Mitarbeiter von Maximilian hatte sie schon einmal gesehen.

Maximilian hatte sie vor Kurzem einen ganzen Tag mit in sein Geschäft genommen und ihr geduldig alles gezeigt und erklärt. Es war eine interessante Zeit für Lilly gewesen, bewegt hatte sie bestaunt, was Maximilian auf die Beine gestellt hatte und woran sein Herz hing. Er brannte sehr für das, was er tat, und das konnte man an vielen kleinen Details erkennen. Obwohl Lilly nicht viel von Wassersport verstand, hatte sie sich alles genau angesehen und wieder einmal gedacht, wie beglückend es sein müsste, solch einer erfüllenden Arbeit nachzugehen. Erfreut erkannte sie den Mitarbeiter nun wieder, auch alle anderen begrüßten sie sehr herzlich, so dass sie sich sogleich wohlfühlte.

Glücklich und dankbar stellte Lilly fest, dass Mathea in ihrem neuen Leben in Hamburg wirklich angekommen zu sein schien. Sie war durchweg von netten Menschen umgeben, die nun, da die meisten sie zum ersten Mal seit der Geburt wiedersahen, herzlich Anteil nahmen und für Finns Tod warme Worte fanden. Alle waren sehr neugierig auf die kleine Clara, und Mathea versprach, sie möglichst bald allen vorzustellen.

Es war ungewöhnlich heiß in der Stadt, seit Tagen hatte es nicht geregnet. Die große Runde, die sich an diesem Samstagabend zusammenfand, erwies sich trotz des ernsten Gesprächs über Finn von Beginn an als gut gelaunte Gruppe in bester Feierstimmung. Sie saßen in einem steinigen Hinterhof mit rosenberankten Wänden. Die rustikalen Holztische waren zu langen Tafeln angeordnet, die Klappstühle hatten bequeme hellblaue Kissen. Sie aßen Oliven, Salat und Pasta aus großen Schüsseln, dazu gab es viel Wein, die Stimmung war gelöst und die Temperaturen erlaubten, dass sie alle die halbe Nacht lang draußen blieben. Es wurde viel gelacht, und die

Fröhlichkeit der anderen steckte Lilly, Mathea und Maximilian an. Die drei hatten seit langer Zeit keinen so schönen Abend verbracht und genossen die Unbeschwertheit sehr. So vergaßen sie für ein paar Stunden die Nöte der vergangenen Wochen.

Lilly saß neben einem alten Schulfreund von Maximilian, Hannes, der auch Jurist war. Sie unterhielten sich blendend, vor allem, da sie aus Zeiten des Referendariats gemeinsame Bekannte hatten. Hannes erinnerte Lilly auf eindringliche Weise an den Mann in Édouard Manets ‚Frühstück im Grünen', woran sie den ganzen Abend über immer wieder denken musste. Es war eine rein optische Ähnlichkeit, denn Hannes machte einen sehr seriösen Eindruck, während der Mann auf dem Gemälde sich mit seinen nackten Gespielinnen unzüchtig am Seine-Ufer traf. Lilly amüsierte sich im Stillen über die frappierende Ähnlichkeit der ungleichen Charaktere. Sie war mehrere Male kurz davor, Hannes auf seinen Doppelgänger anzusprechen, doch sie entschied sich dagegen.

Erst als die Teller der Hauptspeise schon abgeräumt waren, kamen die beiden darauf zu sprechen, wo ihre derzeitigen beruflichen Schwerpunkte lagen. Lilly erfuhr, dass Hannes gerade zwar ob seines Jobs in Hamburg war, sonst allerdings in Nürnberg lebte. Auch ihn hatte vor einiger Zeit das Leben als Rechtsanwalt nicht mehr glücklich gemacht, weswegen er sich schließlich umorientiert und als Mediator selbstständig gemacht hatte. Wenn er das so erzählte, klang es nach einem einfachen und logischen Schritt, doch beteuerte er, dass er im Vorfeld viel darüber nachgedacht und sich seine Entscheidung nicht leicht gemacht hatte. Lilly dachte an ihre eigene, eher spontane Kündigung und sie erzählte Hannes davon. Sie hatten zwar nicht die gleichen Ausgangspositionen und Beweggründe gehabt, aber eine ähnliche Entscheidung getroffen, das verband sie.

„Wir haben uns auf innerbetriebliche Wirtschaftsmediation spezialisiert, da erleben wir wirklich eine Menge spannender Fälle.", berichtete Hannes nun, und Lillys Interesse war sofort geweckt.

Sie bat ihn, ausführlich von seiner Arbeit zu erzählen, von seinem beruflichen Alltag, der inhaltlichen Nähe zur Rechtswissenschaft. Sie ließ sich einige Fälle abstrakt beschreiben und danach die Mitarbeiterstruktur der Firma erklären, die überwiegend aus selbstständigen Partnern bestand. Sie erfuhr, dass Hannes mit seinen Kollegen von Nürnberg aus Fälle in ganz Deutschland betreute. Er kam viel rum, sah viel, teilte sich aber seine Zeit so ein, dass ihm genug Freiraum blieb für sein Privatleben.

Zeit, dachte Lilly im Stillen, kostbare Zeit.

Sowohl für Maximilian als auch für Hannes war mangelnde Zeit einer der Hauptbeweggründe gewesen, ihre Jobs zu verändern. Lilly selbst hatte davon genug, gerade momentan, doch sie verstand die enorme Wichtigkeit eines ausbalancierten, flexiblen

Lebens, das nicht nur aus Arbeit bestehen durfte.

„Sucht ihr noch Partner?", fragte sie nur halb im Scherz, denn sie war sehr angetan von dem, was Hannes ihr erzählt hatte.

Er sah sie überrascht an und bejahte dann auf der Stelle. Also berichtete Lilly nochmals ausführlich über ihre aktuelle Situation. Sie fasste zusammen, was sie bisher gemacht hatte, wer ihre Arbeitgeber gewesen waren und wie es zum Ende ihres letzten Arbeitsverhältnisses gekommen war. Hannes schien wirklich interessiert, er stellte viele Nachfragen und fand letztlich, dass sie mit ihren Qualifikationen gut in das bestehende Team hineinpassen würde.

Später am Abend, als die ersten sich bereits verabschiedet hatten, der übrig gebliebene Kern der Gruppe zusammengerückt war und die Reste des Weines leerte, schien in dieser beseelten Stimmung die Sache klar. Sowohl für Hannes, vor allem aber auch für Lilly.

Warum nicht Nürnberg?

Warum nicht Mediation?

Warum nicht nochmal einen spontanen, einen mutigen Schritt wagen?

Es klang nach einem abwechslungsreichen Gebiet, und Lilly hatte bei dem sympathischen Hannes ein gutes Gefühl. Sie tauschten ihre Kontaktdaten aus und Lilly versprach, ihm ihre Unterlagen alsbald zuzusenden. Dann endete der lange, aufschlussreiche Abend und sie verabschiedeten sich herzlich.

Noch auf dem Rückweg erzählte sie der völlig übermüdeten Mathea und Maximilian von ihrer Idee. Sie stimmten ihr zu, dass es ein gutes Angebot sei und eine Aufgabe, die zu Lilly passe. Sie könnte in ihrem Metier verbleiben, ohne jedoch bloßes Anwenden bestehender Paragraphen praktizieren zu müssen. Mathea beschwerte sich ein wenig darüber, dass Nürnberg so weit weg sei, doch wusste sie natürlich nur zu gut, dass sie selbst es gewesen war, die zuerst fortgezogen war. Sie sprachen noch eine Weile über den gelungenen Abend und kehrten dann in bester Laune nach Hause zurück.

Auch am nächsten Morgen war Lilly noch von ihrem Plan begeistert. Sie verabschiedete sich von Maximilian, der zur Arbeit fuhr und Mathea unterwegs an der Klinik absetzten wollte, und beschloss, in die Universitätsbibliothek zu gehen. Dort verbrachte sie Stunden damit, sich in die Materie der Mediation einzulesen. Den ganzen Tag lang saß sie hinter einem riesigen Bücherstapel und blätterte durch Fachliteratur und Magazine. Schließlich klappte sie ihren Laptop auf und sah sich Hannes' Firmenprofil ausgiebig im Internet an. Am Ende des Tages konnte sie sich immer besser vorstellen, dass sie mit ihren Erfahrungen und Vorlieben gut in das Profil passen würde und begann daher, ihre Unterlagen zu sichten und auf Vollständigkeit zu überprüfen.

Wie schnell sich eine neue Tür öffnet, dachte sie

glücklich.

So unerwartet.

Noch unter dem Eindruck stehend, dass zwischen Himmel und Erde immer mehr möglich ist, als man zunächst annimmt, schrieb sie spontan eine Mail an Hannes, dem sie nochmal für den schönen Abend dankte und ihr Interesse wiederholte. Sie kündigte ihm an, mit welchen Unterlagen er in kurzer Zeit rechnen dürfte, und wünschte ihm noch einen angenehmen und erfolgreichen Tag in Hamburg.

Dann schrieb sie eine zweite Mail.

In dieser schlug sie Florentin ein Treffen vor.

23

Lilly wartete vor der Kasse, so wie sie es verabredet hatten. Die junge Frau hinter dem Schalter musterte sie unaufhörlich. So wie sie Lilly mit leicht geöffnetem Mund und großen Augen anstarrte, ähnelte sie sehr Vermeers ‚Mädchen mit dem Perlenohrring'. Sie trug sogar ein bläuliches, geknotetes Tuch um die Haare, allerdings keine Ohrringe. Lilly fühlte sich unwohl. Das Starren der Kassiererin verstärkte die Nervosität, die sie in sich spürte, seitdem Florentin schnell und charmant einem Treffen zugestimmt hatte und der Termin rasch feststand. Seine Mail war wieder sehr nett gewesen, er schien freudig überrascht über die Tatsache zu sein, dass Lilly in Hamburg war.

Und nun war es soweit. Lilly hatte die letzten Tage in erster Linie mit Recherchen rund um die Mediation verbracht. Mit der Standardliteratur war sie inzwischen so gut wie durch, sie hatte sich zu einem Fortbildungsseminar eingeschrieben und einer Bekannten, die auch als Mediatorin tätig war, einige Fragen gemailt. Alle Hebel waren in Bewegung gesetzt. Ihre Bewerbungsunterlagen hatte sie abgeschickt, nun wartete sie auf eine Reaktion von Hannes, der aber schon signalisiert hatte, sie bald in Nürnberg zur Besichtigung der Firma begrüßen zu wollen.

Mathea war seit drei Tagen nicht zuhause gewesen, da Clara leichtes Fieber bekommen hatte. Heute allerdings hatte es Entwarnung gegeben, das Kind hatte sich erholt. Auch Maximilian hatte Lilly lange nicht gesehen, verbrachte er doch neben seiner Arbeit ebenfalls viel Zeit bei seiner Tochter. Manchmal beschlich Lilly das Gefühl, der Schwester und ihrem Freund zur Last zu fallen, obwohl die beiden ständig das Gegenteil beteuerten. In ihren Augen war Lilly viel zu wenig nur Gast, sie machte sich ständig im Haushalt nützlich, kaufte ein und kümmerte sich um alles, was anfiel. Auch jetzt, während sie nervös durch die Eingangshalle des großen Museums tigerte, versuchte sie sich mit dem Gedanken an ein Abendessen abzulenken, das sie später für die beiden kochen würde.

Während sie sich noch bemühte, die Frau an der Kasse zu ignorieren, stand Florentin plötzlich vor ihr. Sie hatte keine Ahnung, von woher er gekommen war, er war jetzt einfach da.

„Lilly!", rief er erfreut und umarmte sie.

Sofort fiel jedes Unwohlsein von Lilly ab, die aus dem Augenwinkel noch den ungläubigen Blick der Kassiererin ohne Perlenohrring registrierte, sich aber dann ganz auf Florentin konzentrierte. Die Begrüßung war herzlich. Er schlug vor, zunächst einen Kaffee trinken zu gehen, und Lilly willigte gern ein. Kaum dass sie sich im Museumscafé an einen der hinteren Tische gesetzt hatten, legte Florentin seine Hand auf ihre.

„Ich muss mich als allererstes bei dir entschuldigen", begann er, und Lilly sah ihn verwirrt an.

„Wieso denn entschuldigen?", fragte sie.

„Dass ich dir den Job angeboten habe, das war Quatsch. Du weißt schon, die Provenienzforschung."

„Ach ja?", Lilly verstand nicht.

„Ich habe einfach gedacht, dass er gut zu dir passen würde. Aber jetzt hatten wir die ersten Bewerbungsgespräche, bei einigen war ich sogar dabei. Sofort ist mir klar geworden, dass das Gehalt, was wir hier bieten können, in den Augen einer Anwältin ein Witz sein muss. Es tut mir wirklich leid, darüber hätte ich früher nachdenken müssen. Sei mir bitte nicht böse."

„Unsinn.", unterbrach Lilly ihn. „Das war ein sehr nettes Angebot von dir, ich habe ernsthaft darüber nachgedacht. Und stell dir vor, momentan bin ich gar keine Anwältin mehr."

Und dann erzählte sie von ihrer Reise, den dabei gewonnenen Erkenntnissen, ihrer überstürzten Rückkehr wegen der Geburt der Zwillinge, von der Kündigung und ihren neuen Plänen. Florentin war ein guter Zuhörer, genau wie schon im Frühjahr in Paris. Er fragte viel nach und interessierte sich für alles Mögliche, vor allem natürlich für Lillys Eindrücke aus den vielen Museen, die sie besucht hatte. Auch er selbst hatte in den letzten Wochen einige dienstliche Reisen unternommen und viel zu erzählen. Beide genossen das Gespräch sehr, sie verloren sich in detaillierten Beschreibungen und Interpretationen einiger Gemälde, die sie besonders beeindruckt hatten, und vergaßen die Zeit. Lillys Hand hatte Florentin längst losgelassen, was sie ein kleines bisschen bedauerte, denn es war ein schönes, warmes Gefühl gewesen.

„Trotzdem, ich muss mich nochmal wiederholen. Das Jobangebot war wirklich unüberlegt von mir, sorry.", unterbrach Florentin irgendwann die kunstgeschichtliche Fachsimpelei.

Es schien ihm tatsächlich auf der Seele zu liegen, er bekräftigte immer wieder, dass er einen Fehler gemacht habe, und entschuldigte sich mehrfach.

„Ich habe mich in letzter Zeit mit mehreren Menschen unterhalten, die ihre Jobs für ein freieres, dafür aber weniger lukratives Leben aufgegeben haben", warf Lilly energisch ein. „Es ist doch überhaupt nicht unsinnig, seinen Neigungen nachzugehen und dem Herzen zu folgen. Dafür kann man ein niedrigeres Gehalt doch wirklich tolerieren."

„Das stimmt.", gab Florentin zu.

Lilly hatte für einen Augenblick das Gefühl, als hätten sie die Rollen getauscht. Normalerweise war es doch Florentin, der für solcherlei Argumentationen zuständig war.

„Du hast recht, es ist sicherlich ein sehr spannendes Tätigkeitsfeld, ich traue es mir allerdings nicht so recht zu.", erklärte Lilly ihren Entschluss. „Es hätte mich wirklich gereizt, es auszuprobieren, aber momentan bleibe ich doch lieber etwas näher an der Rechtswissenschaft. Ich liebe die Kunst und fände es großartig, mich mehr mit ihr zu beschäftigen, aber es fehlt mir an Erfahrung. Bislang hat mich immer nur das Motiv eines Bildes interessiert, nicht das Drumherum. Datierung, historische Einbettung, Herkunft, künstlerische Qualität, davon verstehe ich nichts. Mich hat ja oft nicht einmal der Maler interessiert! Aber das ändert sich in Zukunft. Auch wenn ich für Euren verantwortungsvollen Job nicht die Richtige bin, ich werde mich in Zukunft mehr und anders mit der Kunst befassen, das habe ich mir fest vorgenommen."

„Das klingt nach einer guten Idee.", lobte Florentin augenzwinkernd ihre Entscheidung. „Ich glaube trotzdem, dass du den Job großartig gemacht hättest, aber natürlich verstehe ich deinen Entschluss. So schön es ist, dem Herzen zu folgen, manchmal sind Vernunft und Verstand auch angebracht."

Sie lächelten einander an. Lilly kam es überhaupt nicht so vor, als sei Florentin ein eigentlich Fremder, den sie nur ganz wenige Male in ihrem Leben getroffen hatte. Mit ihm war es vielmehr wie mit einem alten, sehr vertrauten Freund, dem man wichtig war. Nur die innere Unruhe, die Lilly in seiner Gegenwart immer noch etwas aufwühlte, passte dazu nicht ganz.

Irgendwann, Lilly hatte Zeit und Raum unlängst vergessen, schlug Florentin ihr vor, gemeinsam einen Teil des Museums anzusehen, bevor er noch einen beruflichen Termin haben würde. Sie schlenderten durch einige Räume der ständigen Sammlung und durch Teile aktueller Ausstellungen. Florentin präsentierte sich als kundiger Hausherr, der über jedes einzelne Werk so viel wusste, dass es Lilly merklich beeindruckte. Florentin wiederum war erfreut über Lillys Begeisterung, ihren aufgeschlossenen Wissendurst und die eigenen Interpretationen.

Als er sie schließlich verlassen musste, weil es Zeit für seinen Termin war, waren zwischen ihnen wieder so viele bereichernde, inspirierende Worte gefallen, dass der Abschied beiden schwer fiel. Noch stundenlang hätten sie gemeinsam durch diese Räume gehen können, so gut erging es dem einen mit dem anderen. Um die drohende Leere nach der Verabschiedung abzuwenden, machte Florentin rasch einen Vorschlag.

„Lass uns doch am Wochenende essen gehen, was meinst du? Bist du dann noch in der Stadt?"

Erleichtert stimmte Lilly seiner Idee zu. Ein Wiedersehen schon in ein paar Tagen, der Gedanke machte sie beide fröhlich. Florentin eilte davon, und Lilly beschloss, noch ein wenig zu bleiben, um sich allein weitere Bilder anzusehen. Gelöst und entspannt spazierte sie durch die Räume des Museums und genoss die Stille und die Kunstwerke um sie herum. Das Gespräch mit Florentin hallte nach, und Lilly kam es vor, als habe er ihre Augen noch ein wenig mehr geöffnet und sie zugänglicher gemacht für die Aussagen der Künstler. Irgendwann betrat sie einen weiteren Raum, den Blick gerichtet auf einige Kunstwerke an der rechten Wand, die sie interessiert betrachtete.

Dann drehte sie sich um.

Und da hing es.

Ein Bild, das zwischen anderen Bildern an einer Wand hing, nicht mächtig in seinen Maßen, aber übermächtig in seiner Wirkung.

Lilly hielt den Atem an.

Ihr kam es vor, als stünde die Welt still, als habe sich alles Licht der Erde auf dieses eine Bild gerichtet, damit sie es ja ansähe, dass sie ja genau hinblickte.

Es war, als würde sich der Himmel auftun.

So etwas war ihr noch nie im Leben passiert, sie hatte noch nicht einmal darüber nachgedacht, dass es überhaupt passieren könnte. Und während sie sich noch fragte, wie sie diese Notwendigkeit bislang hatte entbehren können und warum sie nicht das vermisst hatte, was doch unabdingbar zu ihr gehörte und nun für alle Zeiten bestehen würde, manifestierte sich der Gedanke in ihr:

Dieses Bild war sie selbst.

24

Noch immer zitternd trat Lilly näher. Es waren lange Minuten vergangen, in denen sie nichts anderes getan hatte, als das Bild anzusehen. Sie waren ihr wie eine Ewigkeit vorgekommen, in der ausschließlich dieses Werk existierte, doch jetzt hatte sie sich wieder halbwegs gefangen. Nun las sie, was auf dem kleinen Schild stand, das neben dem Gemälde prangte. ‚Gerhard Richter, S. mit Kind, 1995, Öl auf Leinwand‘ war dort geschrieben. Doch eigentlich waren diese Details für sie nicht relevant, es zählte nur das, was sie mit ihren eigenen Augen sah.

Sie trat wieder zurück, um nochmals genau hinzuschauen. Dringend hätte sie sich einen Stuhl gewünscht, so fragil kam ihr der eigene Körper gerade vor, doch eine Sitzgelegenheit gab es nicht. Also blieb sie in angemessenem Abstand stehen, wankend, unsicher.

Das kleine Bild zeigt das seitliche Profil einer jungen Frau, die mit geschlossenen Augen ein neugeborenes Kind auf dem Arm hält. Ihre braunen Haare hat sie zum Dutt gebunden. Das Baby, das ebenfalls im Profil zu sehen ist, schmiegt sich an die nackte Schulter der Frau und ist in eine hellblaue Decke gewickelt. Im Gegensatz zu seiner Mutter hat das kleine Kind die Augen geöffnet. Abgesehen von der blauen Decke dominieren im Bild die Farben beige und braun sowie schwarz und weiß, jedoch sind keinerlei scharfe Konturen erkennbar. Die Farbgebung ist verwischt und gibt dem gesamten Kunstwerk etwas Verschwommenes.

Ein hübsches Gemälde, ohne Zweifel, dachte Lilly. Ein Nähe und Innigkeit zwischen Mutter und Kind ausdrückendes Werk, das ihr durchaus gefiel.

Doch was hatte das zu bedeuten?

Was hatte Lilly nur derart mit dieser fremden, unscharfen Frau auf dem Bild gemeinsam, dass es ihr wie eine Offenbarung vorkam?

Sie konnte es zu diesem Zeitpunkt nicht benennen, sondern nur fühlen.

Noch nie in ihrem Leben hatte sie einen dringenden Kinderwunsch verspürt. Obwohl sie zwar mit Robert damals über dieses Thema gesprochen hatte, war es ihr nie eilig vorgekommen. Sie hatte keine ausgeprägte Beziehung zu Kindern, obgleich natürlich einige ihrer Freundinnen inzwischen Mütter geworden waren. Dann hatte sie sich aus der Distanz stets mitgefreut, doch in ihr hatte dies nichts ausgelöst. Auch die Tatsache, dass ihre eigene Schwester nun Mutter war, hatte nicht das Geringste bewirkt. Gerade jetzt, da Lilly ohne Partner dastand, war ein Kind nun wirklich kein Thema für sie. Sie konnte sich nicht einmal daran erinnern, wann sie selbst zuletzt ein Baby auf dem Arm gehalten hatte.

Aber vielleicht war es das ja gar nicht.

Nur was wollte das Bild ihr sagen?

War sie womöglich gar nicht die Frau auf dem Gemälde, sondern das Baby? War sie der behütete, umarmte Säugling, der so unbedarft und fragend in die Welt blickte? Wollte das Gemälde ihr vielleicht aufzeigen, dass es ihr genau daran fehlte? An Geborgenheit nach Vaters Tod, nach Roberts Weggang? Natürlich waren sie nicht mehr bei ihr, aber hatte sie nicht genügend familiäre Wärme um sich herum? Mutter war immer für sie da, zwar in ihrer pragmatischen Art, aber nie lieblos. Und mit Mathea hatte sie sich gerade erst versöhnt. Nein, es mangelte ihr wahrlich nicht an Zuneigung.

Vielleicht aber wollte ihr das Bild weder einen unterdrückten Kinderwunsch noch fehlende Fürsorge signalisieren, sondern etwas gänzlich anderes vermitteln. Womöglich war diese intensive Nähe, die die zwei auf dem Bild ausstrahlten, ein Teil der Botschaft. Diese Nähe zeigte einerseits die größtmögliche Intensität zwischenmenschlicher Beziehungen und zugleich eine einzigartige Bedingungslosigkeit. Andererseits stellte sie auch ein Abhängigkeitsverhältnis zwischen dem schutzbedürftigen Baby und seiner Mutter dar. Kurzum, viele Facetten der Liebe waren auf diesem kleinen Bild festgehalten. Es zeigte außerdem die Verletzbarkeit, die aus der völligen Hingabe und innigsten Verbindung, die zwischen Menschen nur möglich ist, resultierte.

Auch Lilly kannte die Liebe.

Familienliebe, ja.

Aber in Liebesbeziehungen, in Partnerschaften? Bedingungslose Zuneigung, ein Fallenlassen gar? Nein, eher nicht.

Doch die vergangenen Wochen hatten etwas in Lilly verändert. Die Verluste, die sie erfahren hatte, hatten sie aufgerüttelt, und das Auseinandersetzten mit alldem hatte eine neue Intensität in die Dinge des Lebens gebracht, die sie vorher nicht gekannt hatte. Lilly spürte, dass sie mehr denn je Wichtiges von Unwichtigem unterscheiden konnte. Alle Schönheiten der Welt, vor allem aber den Wert zwischenmenschlicher Beziehungen, sah sie nun wie mit einer Lupe vergrößert.

Jetzt war sie soweit.

Jetzt wollte sie sein wie die Frau auf dem Bild.

Verletzlich, schutzlos und bereit für die bedingungslose Liebe, Aufopferung und Wärme. Sie wollte sich endlich dem Leben öffnen, mit all seinen Möglichkeiten und Chancen. Sie wollte so lieben wie die Frau und das Kind einander liebten. Sie wollte offen und frei sein für Nähe:

Lilly war bereit.

Langsam schüttelte sie den Kopf. Noch immer konnte sie nicht fassen, dass es das erste Mal war, dass ein Bild sie an sie selbst erinnerte. Wie unsagbar viele Kunstwerke waren ihr in ihrem Leben schon begegnet! Und wie oft hatte sie eine Parallele zu Menschen gezogen.

Doch nie zu sich selbst.

Kein Wunder, dachte sie nun im Stillen. Schließlich musste sie erst so werden wie die Frau auf dem Bild. Noch vor einer kurzen Weile hätte das Werk gar nicht zu ihr gepasst. Erst die Wunden, die das Leben ihr zugefügt hatte, hatten ihre Augen und ihr Herz geöffnet. Nur schwerlich konnte Lilly sich von dem Anblick lösen, für so außergewöhnlich und gleichzeitig schön befand sie den Moment. Doch dann gelang es ihr.

Sie verließ das Museum auf direktem Weg, ohne auch nur ein weiteres Exponat anzusehen. Sie trat in einen Tag, der ihr heller vorkam als jeder, den sie zuvor erlebt hatte. Die blaue Weite des Himmels, die Helligkeit der Sonnenstrahlen, alles schien wie durch Zauberhand intensiviert. Lilly nahm die Bahn, fuhr zurück zu Matheas Wohnung und setzte sich auf ihr Gästebett. Auf ihrem Laptop öffnete sie das Bild erneut und sah es noch eine ganze Weile an.

Ihr Bild.

Sie selbst.

Sie widerstand der Versuchung, etwas über das Werk im Katalog nachzulesen oder im Internet nachzuschauen. Sie wollte weiterhin nur das sehen, was es für sie selbst bedeutete. So erfuhr sie nicht, dass Gerhard Richter ein Foto von seiner Frau und dem neugeborenen Sohn auf die Leinwand projiziert und dann in Ölfarbe übertragen hatte. Sie wusste auch nicht, dass das liebliche Werk, das Teil eines Zyklus' ist, zwar das private Glück des Künstlers widerspiegelt, doch dieser gleichzeitig sein ewiges Ringen mit großen Gegensätzen wie Verschleiern und Entblößen, Erscheinen und Verschwinden, Diskretion und Exhibition aufzeigen wollte. All das blieb für Lilly in diesem Moment im Verborgenen, doch das machte ihr nichts aus. Sie verstand die Botschaft, die Verbindung zwischen diesem Gemälde und ihr selbst, auch ohne sich mit Gerhard Richters Absichten, seinen inneren Beweggründen oder seiner artifiziellen Kühle auseinanderzusetzen.

Denn trotz aller Unschärfe des Bildes war eines ganz klar, das Werk war eine Selbstentblößung von beiden.

Von Gerhard Richter.

Und von Lilly.

Der neuen Lilly.

So würde sie sein, spätestens ab jetzt.

Am frühen Abend endlich kehrte Mathea erschöpft heim. Wahrscheinlich hätte sie sich gerne einfach ausgeruht, aber Lilly, die im Gegensatz zu ihr umso aufgekratzter war, ließ ihr keine Chance.

„Was siehst du auf diesem Bild?", fragte sie ihre Schwester ohne Umschweife und drehte den Computer so, dass sie es sehen konnte.

„Eine Frau mit Kind.", antwortete Mathea matt. „Wer sollen die sein? Clara und ich?"

„Nein.", Lilly lächelte geheimnisvoll. „Das bin ich."

„Aha.", Mathea runzelte die Stirn.

Sie kannte Lilly und ihre bizarre Sicht auf die Kunst nur zu gut, und das Thema war ihr schon immer zu kompliziert gewesen. Matheas Meinung nach waren Lillys Gedankengänge beim Betrachten von Kunstwerken kaum nachvollziehbar. Nie hatte ein Bild für sie nur eine naheliegende Bedeutung, Lilly sah stets irgendwie hinter das Werk, direkt in das Herz des Künstlers. Schon manches Mal hatte Lilly probiert, ihrer Schwester zu erklären, was sie sah, aber irgendwann wurden diese Versuche seltener, und schließlich hatte sie es ganz aufgegeben.

Und auch diesmal klappte sie den Laptop zu, sagte „Egal." und sah ungeduldig zu, wie die Schwester ihre Tasche ablegte, die Post durchsah und sich schließlich auf das Sofa fallen ließ.

„Ich gehe mit Florentin aus.", verkündete sie dann übertrieben feierlich. „Es muss alles perfekt geplant sein, du musst mir bitte helfen. Wir haben drei Tage Zeit."

Mathea richtete sich interessiert auf, als habe die Aussicht auf Lillys Rendezvous ihre Lebensgeister wieder aktiviert.

„So wie früher?", wollte sie wissen. „Outfit, Frisur, Make-up, Maniküre?"

„Ja, ja, das auch. Aber viel wichtiger: Ich brauche

eine gute Strategie, damit mein Plan funktioniert. Also, bist du dabei?"

„Klar.", strahlte Mathea verschwörerisch, ohne überhaupt zu wissen, was Lilly beabsichtigte.

„Sehr gut.", Lilly nickte zufrieden und ging in die Küche. „Ich koche dir dein Lieblingsessen.", rief sie noch von weitem.

25

Reisetagebuch

VW-Bus in Richtung Hamburg, 24. Oktober

Dieses soll der letzte Eintrag werden, denn meine Reise kommt zu einem guten, zu einem überraschenden, zu einem hoffentlich vorläufig endgültigen Ende. Niemals hätte ich geglaubt, dass in einem halben Jahr so Vieles möglich ist. Die Veränderungen im Inneren und Äußeren waren rasant, aufschlussreich und unendlich bereichernd. Und als ich gedacht hatte, das Ziel sei ganz nah, eine klug geplante Zukunft läge vor mir, ergab sich eine letzte bedeutende Erkenntnis. Diese machte eine finale Änderung notwendig, ein neuer Plan musste her.

Und dann ging alles ganz schnell.

Florentin, dem ich kurz zuvor noch ausführlich erklärt hatte, dass ich einen Neuanfang als Mediatorin in Nürnberg wagen wollte, gab sich zum Glück verständnisvoll und sogar erfreut, als ich ihm von meiner so plötzlich geänderten Meinung beim Abendessen erzählte. Ehrlich und offenherzig, so wie ich es mit Mathea ausführlich besprochen hatte, trug ich ihm vor, was in mir vorging. Ich sagte, dass ich zu dem Schluss gekommen sei, meine wahren Neigungen nicht länger unterdrücken zu wollen.

Meine Passion sind die Bilder.

Seit dem ersten Blick in Vaters Kunstbände hat sich da-

ran nichts geändert. Und die Selbsterkenntnis vor Rich-
ters Gemälde hat es mir nochmal überdeutlich vor Augen
geführt. Hierfür schlägt mein Herz. Und wenn ich nun
also die Möglichkeit habe, mit Kunstwerken zu arbeiten,
sollte ich dies auch tun. Wer weiß, ob die Chance wieder-
kommt. Und wer weiß, welche Perspektiven ein solcher
Richtungswechsel öffnet.

Das Gespräch mit Florentin dauerte lange, obwohl er
mich gleich verstand. Es drehte sich um alle möglichen
Erkenntnisse, die Menschen im Laufe eines Lebens ge-
winnen oder eben nicht.

Um Entscheidungen, die man trifft oder nicht.

Um Menschen, die man in sein Leben hinein lässt oder
nicht.

Um Wahrheiten, die man erkennt oder nicht.

Um Konsequenzen, die man zieht oder nicht.

Einfach um die ganze Kette der Dinge, die geschehen,
die man geschehen lässt und die ein Leben am Ende aus-
machen. Wir diskutierten die Bedeutung der kleinen
Richtungswechsel, die man bewusst vornimmt, und die
überraschenden, unvorhersehbaren Wendungen, die die
Wege dann doch immer wieder ohne unser Zutun neh-
men.

Auch sprachen wir lange darüber, wie individuell Men-
schenleben sind. Genauso wie Kunstwerke.

Menschen und Bilder.

Man schaut sie an, man mag sie oder nicht, glaubt sie
zu verstehen und ihre Absichten zu erkennen – und sieht

doch nur den Vordergrund.

Florentin redete daraufhin mit den Entscheidern in seinem Museum, ich reichte meine Bewerbung ein, wurde zu einem Gespräch eingeladen und bekam den Job. Manchmal ist es so einfach. Hannes bewies Verständnis und zeigte über meine Absage doch leichtes Bedauern. Schnell fand ich außerdem ein Appartement in Matheas Nähe, veranlasste den Umzug und sitze nun mit ein paar Anziehsachen und Vaters Büchern in diesem alten Sprinter.

Auf geht es, der neue Lebensabschnitt kann beginnen! Die Reise, die hinter mir liegt, hat sich mehr als gelohnt. Ich habe unterwegs nicht nur viel gesehen und gelernt. Der Weg hat mich schließlich nach Hamburg geführt, zu meiner geliebten Schwester mit ihrer kleinen Familie und in einen neuen Beruf, der mich bestimmt glücklich machen und erfüllen wird. Und zugleich ist sogar geschehen, was ich ursprünglich erhofft hatte, nämlich die drei Verluste zu verstehen und zu überwinden, die mein Leben aus der Bahn geworfen hatten. Dieses Verständnis macht es nicht weniger traurig, aber es hilft mir, die Tatsachen zu akzeptieren.

Alles hat sich gefügt, alles stimmt nun wieder.

Lebewohl, Robert.

Willkommen zurück, liebe Mathea!

Und auf Wiedersehen, Vater, eines Tages, an einem anderen Ort.

Epilog

Lilly trat ins Wohnzimmer, drehte sich um und sah durch das Fenster nochmal hinaus in den Garten. Sie hatte gerade die Kaffeetafel auf der Terrasse fertig gedeckt und überlegte, ob noch etwas fehlte. Sie ließ den Blick über den Tisch streifen und befand, alles sei perfekt.

Mathea und Maximilian waren erst kürzlich in diesen Neubau am Hamburger Stadtrand gezogen. Das Haus roch noch leicht nach Farbe, was den Charme des Neuen, des gerade erst Vollendeten unterstrich. Ganz automatisch bewegten sich alle besonders vorsichtig und waren bemüht, den ersten Kratzer noch eine Weile zu vermeiden.

Lilly blickte in den hinteren Teil des Gartens und sah Mathea und Clara nebeneinander auf einer Bank sitzen. Sie waren barfuß und trugen beide bunte Blumenkleider. Zu ihren Füßen lag die große Krabbeldecke, auf der die drei kleinen Jungs zufrieden mit den Beinchen strampelten.

Als Mathea wieder schwanger geworden war, hatte sie sich zunächst sehr geängstigt, als sie erfahren hatte, dass es wieder Zwillinge sein würden. Doch dieses Mal war alles gut gegangen. Vor wenigen Monaten waren Claras gesunde Brüder auf die Welt gekommen und genau eine Woche später Lillys Sohn. Lilly lächelte, denn der Anblick dieser perfekten Idylle wärmte ihr Herz.

Für den Bruchteil eines Augenblicks kam ihr ein Gemälde in den Sinn. Es war ein womöglich bekanntes, großformatiges Bild mit vielen Menschen, jung und alt, die an einem malerischen Ort zusammengekommen waren, um den Tag zu genießen. Ein impressionistisches Werk vielleicht. Doch noch bevor es für Lilly konkreter werden konnte, bevor ihr der Künstler oder der Titel hätte einfallen können, war die Illusion aus ihrem Kopf verschwunden.

So erging es ihr immer häufiger.

Seitdem sie sich beruflich mit der Kunst beschäftigte, waren die Assoziationen immer seltener geworden. Vorbei die Zeiten, in der sie jeder Taxifahrer, jede Kellnerin an irgendein Gemälde erinnerte. Woran das lag? Sie wusste es nicht genau. Vermutlich war die immer größer werdende Fülle an Informationen in ihrem Kopf die Ursache dafür. Die konkreten Fakten, die sie zwangsläufig über die Kunst sammelte, schienen die freien Assoziationen verdrängt zu haben. Lilly bedauerte dies ein wenig, registrierte jedoch auch, dass manchmal eigene Bilder in ihrem Kopf entstanden, eine fiktive Kunst sozusagen, die nicht in der Realität, sondern nur in ihr selbst existierte.

Als sie den Schlüssel im Schloss hörte, drehte sie sich um und ging zur Tür. Maximilian und Florentin hatten gemeinsam die Mutter vom Bahnhof abgeholt, jetzt waren sie also alle beisammen. Maximilian trug den Koffer, und Florentin gab Lilly im Vorbeigehen einen Kuss auf die Wange, die dann endlich ihre Mutter umarmte.

Unzählige Male hatten Mathea und sie versucht, Mutter zu einem Umzug nach Hamburg zu überreden, aber sie wollte nicht. In der alten Heimat, das wiederholte sie oft, fühlte sie sich am besten aufgehoben. Sie hatte in den vergangenen Jahren nichts von ihrer Energie eingebüßt, reiste viel, engagierte sich hier und da, hatte nie Langeweile und mochte ihr Leben genau so, wie es war. Glücklicherweise kam sie oft zu Besuch, besonders jetzt, da sich ihre beiden Töchter über Unterstützung und Hilfe mit den Kindern immer freuten.

„Hattest du eine gute Fahrt?", wollte Lilly nun wissen.

„Ja, es ist alles optimal gelaufen.", antwortete Mutter, die mit einem Ausruf der Freude ihre Enkelkinder im Garten erblickte. Clara kam sogleich angelaufen, fiel ihrer Großmutter in die Arme und zog sie an der Hand, um ihr irgendetwas zu zeigen.

Maximilian und Florentin gesellten sich zu den Babys, intensiv in ein Gespräch vertieft. Zwischen beiden hatte sich im Laufe der Zeit eine innige Freundschaft entwickelt, was die beiden Familien zusätzlich verband. Sie ähnelten einander in vielen Dingen und teilten ein gemeinsames Hobby, das Surfen.

Lilly hatte nie wieder mit Florentin über ihre lange zurückliegende Unterhaltung in dem französischen Bistro gesprochen. In all den Jahren hatte er sich nicht mehr zu dem Dilemma geäußert, nur eine Person lieben zu dürfen. Auch seine erste Frau, seine Jugendlieben oder die Ärztin, die ihn damals so verwirrt hatte, erwähnten sie kaum. Manchmal kam es vor, dass Lilly ihn zufällig im Museum sah, wie er im Gespräch den Arm einer Kollegin berührte oder einer Besucherin galant etwas erklärte. Sein Charme umgab ihn dabei wie eine Wolke, die unmöglich abzuschütteln war, und vielleicht war er sich dessen gar nicht bewusst. Dennoch, Lilly vertraute ihm und wusste zugleich, dass es keine Garantien im Leben gab.

Nichts blieb für die Ewigkeit und doch wiederholte sich alles.

Mathea folgte Lilly nun in die Küche und half ihr dabei, den Kuchen anzurichten. Es würde ein fröhliches Wochenende werden, ein Familienwochenende. Am Sonntag war Lillys Geburtstag und all ihre Lieben würden bei ihr sein. Damit war ihr einziger Wunsch für diesen Tag erfüllt.

Mathea bat zu Tisch und Lilly blickte lächelnd in die Runde. Wenn es möglich wäre, würde sie den Moment für alle Zeiten einfrieren, so schön war er. Zwar hatte Lilly lernen müssen, dass es so nicht immer sein würde, dass es niemals nur Höhen ohne Tiefen geben würde. Aber umgekehrt galt das eben auch. Man musste einzig jeden schönen Moment auskosten und stets den festen Glauben daran bewahren, dass alles gut wird.

In diesem Augenblick jedenfalls, so schien es ihr,

war jeder einzelne hier sehr, sehr glücklich.

Was für ein Geschenk.

Die Autorin Vera Kerick wurde 1979 im Rheinland geboren. Nach dem mit der Promotion abgeschlossenen Studium der Kunstgeschichte an der Universität Münster und einem MBA an der TU Chemnitz war sie zunächst in den Bereichen Kunsthandel und Marketing tätig. Seit einiger Zeit widmet sie sich professionell einer schon länger gehegten Passion, der Schriftstellerei. Im Jahr 2017 erschien ihr Debütroman „Ava".

„Ava", 2017

Wie klingt das Leben? Seit Ava wieder hören kann, sprüht sie nur so vor Energie. Voller Lebensmut reist die Bibliothekarin in ihr Heimatdorf. Dort will sie ihre Jugendliebe Peter treffen und alten Gefühlen eine neue Chance geben. Und tatsächlich entfacht sich die Liebe erneut. Doch was ihr dann zu Ohren kommt, macht Ava fassungslos. Das gemeinsame Glück mit Peter scheint plötzlich unmöglich. Und was als Hoffnung auf ein neues Leben begann, wird zu einer Reise in die eigene Vergangenheit – voller Liebe, Tragik und der Erkenntnis, dass die Wirklichkeit anders ist als sie schien. Avas Aufbruch in ihre Heimat ist eine tiefgründiger Roman, der Avas und Peters Leben kunstvoll miteinander verknüpft. Eine Geschichte von persönlichen Karrieren, tragischen Schicksalsschlägen und der sehnsuchtsvollen Suche nach dem richtigen Platz in der Welt.